我嫁给了一个死人

康奈尔·伍里奇黑色悬疑小说系列

[美]康奈尔·伍里奇 著

马庆军 译

上海文艺出版社
上海故事会文化传媒有限公司

康奈尔·伍里奇黑色悬疑小说系列（全18种）

编委会

总策划 夏一鸣

主　编 黄禄善

副主编 高　健

编辑成员（按姓氏拼音为序）

蔡美凤　高　健　洪圣兰　胡　捷

黄禄善　唐　祯　吴　艳　夏一鸣　朱崟滢

序　言

　　你见过妻子为丈夫的情妇洗冤吗？见过杀手恋上自己的谋杀目标吗？还有弃妇嫁给死人、员工携带老板爱妻逃亡、富豪邮购致命新娘，等等。所有这些令人心颤的诡谲事件，或者说，诞生在西方资本主义世界的怪胎，都来自康奈尔·伍里奇（Cornell Woolrich, 1903—1968）的黑色悬疑小说。黑色悬疑小说，又称心理惊险小说，是西方犯罪小说的一个分支。它成形于20世纪40年代，在50年代和60年代最为流行。同硬派私人侦探小说一样，这类小说也有犯罪，有调查，然而它关注的重点不是侦破疑案和惩治罪犯，而是剖析案情的扑朔迷离背景和犯罪心理状态。作品的叙事角度也不是依据侦探，而是依据与某个神秘事件有关的当事人或案犯本身。伴随着男女主角因人性缺陷或病态驱使，陷入越来越可怕的犯罪境地，故事情节的神秘和悬疑也越来越强，从而激起了读者的极大兴趣。

　　康奈尔·伍里奇被公认是西方黑色悬疑小说的鼻祖。他出生于美国纽约，幼年即遭遇父母离异的不幸。在前往父亲工作的墨西哥生活了一段时期之后，他回到了出生地，同母亲相依为命。1921年，他进入了哥伦比亚大学，但不多时，即对平淡的学习生活感到厌倦，并于一场大病之后退学，开始了向往已久的职业创作生涯。1926年，他出版了长篇处女作《服务费》，接下来又以极快的速度出版了《曼哈顿恋歌》等五部长篇小说。这些小说均被誉为"爵士时代小说"的杰作，尤其是《里兹的孩子》，为他赢得了《大学幽默》杂志举办的原创作品大奖，并得以受邀来到好莱坞，将小说改编成电影剧本。1930年，"事业蒸蒸日上"的康奈尔·伍里奇与电影制片商的女儿结婚，但这段婚姻只维持了几个星期便因他本人的恋母情结和同性恋倾向而告终。此后，康奈尔·伍里奇一度意志消沉，创作也连连受挫。一怒之下，他销毁了全部严肃小说手稿，转向通俗小说创作。1940年，他的第一部黑色悬疑小说《黑衣新娘》问世，顿时引起轰动，他由此被称为"20世纪的爱伦·坡"和"犯罪文学界的卡夫卡"。紧接着，他又以自己的本名和笔名陆续出版了17部国际畅销书，其中的《黑色帷帘》《黑色罪证》《黑夜天使》《黑色恐惧之路》《黑色幽会》同《黑衣新娘》一道，构成了著名的"黑色六部曲"。其余的《幻影女郎》《黎明死亡线》《华尔兹终曲》《我嫁给了一个死人》，等等，也承继了同样的黑色悬疑风格，颇受好评。与此同时，他也在《黑色面具》等十几家通俗杂志刊发了大量的中、短篇黑色悬疑小说。这些小说同样受欢迎，被反复结集出版。然而，巨额稿费收入并没有给他带来精神愉悦。他依旧"像一只倒扣在玻璃瓶中的可怜小昆虫"，徒劳挣扎，郁郁寡欢。自50年代起，因酗酒过度，加之母亲逝世的沉重打击，康奈尔·伍里奇的健康急剧恶化，他的一条腿因感染未及时医治而被截除。1968年，康奈尔·伍里奇在孤独中逝世，死前倾其所有财产，以母亲名义为母校哥伦比亚大学设立了一项教育基金。

康奈尔·伍里奇的黑色悬疑小说引起了众多作家的模仿。最先获得成功的是吉姆·汤普森 (Jim Thompson, 1906—1977)。他的《我心中的杀手》等小说以破案解谜为线索，表现罪犯的犯罪心理，从多个层面反映小人物的重压。稍后，霍勒斯·麦考伊 (Horace McCoy, 1897—1955) 和戴维·古迪斯 (David Goodis, 1917—1967) 又以一系列具有类似特征的作品赢得了人们的瞩目。20世纪50年代至60年代，黑色悬疑小说层出不穷，代表作家有查尔斯·威廉姆斯 (Charles Williams, 1909—1975)、哈里·惠廷顿 (Harry Whittington, 1915—1989),等等。同康奈尔·伍里奇和吉姆·汤普森一样，这些作家注重塑造处在社会底层、具有人性弱点或生理缺陷的反英雄，但各自有着独特的创作手法和成就。

康奈尔·伍里奇的黑色悬疑小说还引发了战后西方黑色电影浪潮。自1937年起，依据康奈尔·伍里奇的长、中、短篇黑色悬疑小说改编的电影即频频出现在美国各大影院，并进一步成为好莱坞电影制作的主要来源，尤其是1954年，阿尔弗雷德·希区柯克(Alfred Hitchcock, 1899—1980)执导的电影《后窗》赢得了爱伦·坡奖,将这种改编推向了高潮。据不完全统计,20世纪40年代至60年代,共有35部康奈尔·伍里奇的作品被改编成电影,其数目远远超过达希尔·哈米特(Dashiell Hammett, 1894—1961)和雷蒙德·钱德勒(Raymond Chandler, 1888—1959)。不久,这股康奈尔·伍里奇作品改编热又延伸到了南美、德国、意大利、土耳其、日本、印度,尤其是《黑衣新娘》和《华尔兹终曲》,在法国持续引起轰动。80年代和90年代,康奈尔·伍里奇作品又被西方各大媒体争先恐后改编成电视连续剧、广播剧。与此同时,新一波电影改编热又悄然兴起。直至2001年,美国著名影视剧作家迈克尔·克里斯托弗(Michael Cristofer, 1954—)还将《华尔兹终曲》改编成了电影《原罪》,广受好评。2012年,《后窗》又被改编成百老汇音乐剧。2015年至2019年,作为好莱坞经典保留剧目,电影《后窗》再次在美国各大影院上映,引起轰动。

  这套丛书汇集了康奈尔·伍里奇的18部黑色悬疑小说,包括16部长篇和2部中短篇,是迄今国内译介康奈尔·伍里奇的品种最齐全、内容最丰富的一个系列。这些小说既有爱伦·坡和卡夫卡的印记,又有硬汉派侦探小说的风格,但最大特色是制造了紧张的恐怖悬念。作品大多数以美国经济萧条时期的大都市为背景,着力表现人性的阴暗面和人生的残忍、污秽、挫败以及虚无。譬如《黑衣新娘》,描述一个神秘女子伪装成不同的身份和外表对多个男性疯狂复仇,起因是多年前那些人枪杀了她的丈夫,从那时起,她就誓言血债血偿,其手段之残忍,令人咋舌。而《黑色幽会》则描述一个男子的未婚妻被五名男子的空中抛物致死,其心灵被疯狂滋长的复仇欲望所扭曲,并渐至迷失本性。在难以言状的病态心理驱使下,他将这五名男子最心爱的女人一个个杀死。与此同时,他也成为可悲的社会牺牲品。

同这类以罪犯为男女主角的小说相映衬的是另一类以受到陷害、孤立无援的无辜者为男女主角的作品。《黑色帷帘》和《幻影女郎》堪称这方面的代表作。在《黑色帷帘》中,男主角脑部遭受重击丧失记忆力,过去的生活片段如梦魇般在内心煎熬。他渐渐回忆起自己曾被人陷害,是一起谋杀案的疑犯。而要洗清嫌疑,他必须恢复记忆。伴随着支离破碎的回忆,他极度害怕自己就是真凶。无独有偶,《幻影女郎》中的男主角与妻子吵架负气出门,在与陌生女郎约会之后,发现妻子被杀,自己则被控告行凶,判处死刑。本可以证明他清白的神秘女郎,却仿佛人间蒸发一般,而那晚所有见过他的人,都不记得他曾与女郎在一起。随着行刑日期接近,所有寻找女郎的努力都以失败告终。即便他本人也开始怀疑,是否真有这样一位女郎存在。

为了增加作品的悬疑,特别是中、短篇小说中的悬疑,康奈尔·伍里奇也会仿效一些传统侦探小说的写法,描述一些出人意料的谋杀奇案。如《死亡预演》描写身穿宫廷裙服的女演员突然被烧死，警方必须弄清楚罪犯（伴舞者中的一个）如何在一大群伴舞者中放火杀人。而《自动售货机谋杀案》要解决的则是罪犯如何利用自动售货机毒杀三明治购买者。除了一些常见的布局手法，暗示超自然力量的存在也是康奈尔·伍里奇解释某些罪案发生的方法之一。《眼镜蛇之吻》述说一个离奇的印第安妇女能将毒蛇的毒液转移至其他物品。《疯狂灰色调》描述一个坚持要解读出"乌顿"（一种巫术）秘密的乐师。《向我轻语死亡》则以一个先知谶语来展开叙述。面对通灵师预言女孩的叔叔将在两天后被雄狮咬死，警察该如何阻止这场事先张扬且没有罪犯的命案？被预言逼得精神失常的叔叔又该如何保护自己？所有人是否能在死亡期限之前揭开阴谋面纱？诸如此类的谜底，将在"康奈尔·伍里奇黑色悬疑小说系列"中一一找到答案。

黄禄善

Contents

引子 /1
紧闭的门 /11
无人接听 /14
绝望的单程票 /16
善良的情侣 /20
天旋地转 /34
逐渐苏醒 /49
梦醒时分 /55
结婚戒指 /58
得知真相 /61
进退维谷 /65
下定决心 /68

出院回"家" /71
人生分界线 /75
"欢迎回家" /82
家庭晚餐 /86
洗礼仪式 /93
威尼斯船夫曲 /96
无心之过 /102
危险的问题 /104
露出破绽 /107
意外的测试 /109
遗嘱继承人 /117
萌发的爱意 /124

表明心意 /133
意外来信 /138
第二封信 /141
浓重阴霾 /144
欲言又止 /146
欲行不能 /153
片刻安宁 /159
参加舞会 /161
恶魔出现 /165
受到威胁 /174
自我厌恶 /183
专属账户 /186
无耻敲诈 /189
威胁升级 /193

被迫结婚 /198
杀意渐生 /206
一声枪响 /217
深夜抛尸 /238
真情告白 /249
母亲病重 /257
至亲离世 /263
不速之客 /266
合理解释 /273
母亲的信 /278
尘埃落定 /283
低调完婚 /287
坠入深渊 /288
尾声 /295

引子

考菲尔德的夏夜非常宜人。空气中弥漫着天芥菜花、茉莉花、金银花和苜蓿草的香味。这里的星星温暖而友善,不像我来的地方,那里的星星寒冷而遥远。它们似乎就悬在我们的头顶上,离我们更近。窗户开着,微风轻拂窗帘,其轻柔如同婴儿之吻。微风过处,仔细聆听,可以听到大树的叶子在沙沙作响,仿佛在低语,然后它们重又进入梦乡。屋里的灯光投射在屋外的草坪上,将草坪划分成一块块长条。四周是一片宁静而祥和的气氛。嗯,没错,考菲尔德的夏夜非常宜人。

但这样的夏夜不属于我们。

冬夜如是，秋夜和春夜亦然。这些统统不属于我们，不属于我们。

我们在考菲尔德住的房子也非常宜人。蓝绿色的草坪，一天之中无论何时，看上去似乎总是那么清新，仿佛刚刚用水浇过一样。洒水器的转轮闪闪发光，一直在转着，不停地转着。如果凑得足够近，便可以发现眼前会呈现出道道彩虹。行车道干净，但极度弯曲。雪白的门廊支座在阳光下闪耀炫目。步入屋内，映入眼帘的是自上而下的楼梯，乌黑而光亮。两旁是对称的弯曲的白色扶手，同样也是非常雅致。年代久远的地板经打蜡抛光，如缎子般光滑，驻足一嗅便可以闻到一股蜡和柠檬油的清香。地上铺着的绒毛地毯豪华而气派。每当你回来，几乎每一个房间内都有一把椅子，如恭迎老朋友一样，恭候着你坐上一小会儿。来的人看到会说："还奢求什么呢？这就是家，家就应该是这个样子。"没错，我们在考菲尔德住的房子也非常宜人。

但这所房子也不属于我们。

我们的小宝贝，休，是他和我的儿子。看着他在考菲尔德一天天长大，在有朝一日会属于他的这所房子里，在将来属于他的镇子里一天天长大，是一件非常惬意的事。看着他蹒跚学步——这意味着他现在能走几步路了。听到他牙牙学语，说出每一个新词儿——这意味着他又会多说一个词了，他会说话了。

但不知何故，这种情形也不属于我们。这种情形，即使有，也是偷来的，以一种我无法说清的方式偷来的。那是一种我们没有资格拥有的东西，某种本不该享有的东西。

我非常爱他。我现在说的是那个叫做比尔的男子。他也爱我。我知道我是真的爱他，我知道他也是真的爱我，这一点我确定无疑。然而，我也确信，将来某一天，兴许是今年，抑或是明年，他会突然整理好自己的行李，离开我一走了之。尽管他不想这样做，尽管他还在爱着我，彼时的爱就如同现在他对我的爱，不会减少分毫。

反之，如果他不这样做，我也会这么做。我会拿起旅行包，走出房门，永不回还。尽管我不想这么做。尽管我依然爱他，彼时的爱就如同现在我对他的爱，不会减少分毫。我会把这所房子抛在身后，我会把孩子抛下不管，把他留在这所有朝一日属于他的房子里，并且我会留下自己的心，留给那个我心之所属的男子（我怎么会带着它远行呢？）。我要离开，永远不回来。

我们一直为此事挣扎。我们挣扎得好苦啊！我们一直竭尽所能以各种方式挣扎，以各种可能的方式。我们曾赶走它，赶走它一千回。可是只要一个眼神，一句话，一个念头，它就又回来了。它就在那里，随时恭候。

我对他这样讲丝毫不起作用。"你没干过这事。你已经跟我说过一次了，一次就够了。没必要现在再重复一次，已经晚了。我知道你没有干过。哦，亲爱的，我的比尔，你没有撒谎。你从不撒谎，不管是在钱上,在荣誉上,抑或是在爱情上……"

(但这这不是钱的问题,不是荣誉的问题,也不是爱情的问题。这是个截然不同的问题,这事关谋杀。)

当我不相信他的时候,这样讲根本不起作用。在他说起这事的时刻,也许我会相信他的话。但稍过一会儿,一个钟头,一天,抑或是一周后,我就又不信他说的话了。根本不管用,因为我们并不只是在一起生活一小会儿,时间长着呢!其他时刻会接踵而至,那么多钟头,那么多周,并且,哦,我的老天呐,还有那么多年。

每一次,当他提起此事时,我都知道那不是我干的。我就知道这一点。这一点我很清楚,太清楚了。那么剩下的只能是……

并且,每一次当我提起此事时,也许他知道那并不是他干的(但我无从得知,我不大可能知道,他也根本无法让我知道)。对此,他很清楚地知道,非常清楚。那么剩下的就只能是……

不起作用,根本不起作用。

六个月前的一个晚上,我跪在他面前,儿子就在我们中间,就在我弯曲的膝上。我把手放在小孩子的头上,向他发誓。此时此地,我就这样向他发誓。我的声音很低,为的就是不让孩子明白我在说什么。

"以我的孩子的名义起誓,比尔,我把手放在我的孩子头上向你发誓,我没有干过那件事。嗯,比尔,我没有干过……"

他把我扶起来,将我搂在怀里,紧紧地贴在他身上。

"我知道你没干过,我知道。我还有什么可说的呢?我还能用其他的什么法子告诉你呢?来吧,帕特里斯,躺在我的胸口上,耳朵贴住我的心。或许这要比我对你说什么都强……听听我这颗心在说些什么,难道你就不明白它是相信你的吗?"

那一刻,我明白了,那是我们彼此爱恋缠绵之时。但是时间长着呢,并不总是待在那一刻。并且,他已经这样想:"可我知道那不是我干的。我清楚地知道那不是我干的。那剩下的就只能是……"

尽管他的胳膊比以往搂得更紧,他的唇吻干了我眼中流下的泪水,但他已经又不相信了,已经不再相信了。

没有办法。我们被捉住了,我们被圈住了。那个圈每一次都邪恶地转上一圈,我们就在圈里,无法挣脱。因为如果他是无辜的,那么那件事就是我干的。反过来,如果我是无辜的,那么那件事就只能是他干的。但是我知道我是无辜的。(或许他知道自己也是无辜的。)真是一点办法也没有。

我们已经疲于想摆脱此事,迎战它却发现几近绝望,试图放弃。我们已经疲于拥抱它。要不然,干脆跟它同归于尽,一了百了。

有一次,由于再也无法忍受这种长期折磨人、让人看不见、却像幽灵一样死缠住我们不放的事,他突然从他坐的那把椅子里跳起来,尽管在此刻之前有一个钟头我们一直就没说过一句话,他把书像扔砖头一样远远地扔出去,原来他一直在假装看书。他狂怒了,跳起来,仿佛准备朝他自己面前的某个东西扑过去,跟它格斗似的。此时此景，我的心也随之怦怦乱跳起来。

他猛地冲到房间的最远处，在那儿停住脚——走投无路。他握紧拳头，抡起手臂，朝房门猛地砸去。门板很厚，只是不停地晃动了一会儿。然后他绝望地大叫起来，以示反抗：

"我不在乎！没什么了不起的！你听到没有？没什么了不起的！有人以前已经这么干过了。干过很多回了。后来他们不也活得很快乐吗？为什么我们就不能这样呢？他这人不是什么好东西。他活该。根本不值得我们再去为他多费一点儿心思。认识他的人都曾经这么说，如今还是这么说。他根本一点不值得我们为他去他妈的这么苦熬……"

说完话，他不顾一切，满满为我们俩各斟了一大杯酒，一手一杯，拿着向我走来。此时，我很理解他，同意他说的话。我站起身，迎上前去。

"喏，拿着。为此事干杯。把它连同酒一起喝下去，让它随酒而去。我们俩有一人确实干过此事。没关系。干就干了，能怎样？！我们还得活下去。"

接下来他用拳头捶打自己的胸口。"说好了，这事是我干的。嗯，是我干的。现在问题解决了，总算过去了……"

突然，就在此刻，我们四目相对，酒杯停在半空中，手又放了下来。天呐，它又回来了。

"但是你并不相信那一点。"我低声说道，心情忧郁。

"你也一样。"他遭到一击,大口喘着粗气。

嗯,每件事都少不了它,它无处不在。

我们躲着它出游,可不管到哪儿,总也甩不掉它。它在湛蓝的路易丝湖深处,它在比斯坎湾高空那朵朵白云之中。它随同圣巴巴拉海峡的激浪一起翻滚不息,它就像一朵比别的浪花更黑的浪花,潜伏在百慕大海岸边的礁石中。

我们回来了,它也一同回来了。

它就在我们读的那些书的字里行间。白纸黑字,它突现在那里,其余的字行变得模糊不清。"此刻,在我读书时,他是不是正想着这事呢?就跟我一样?我才不要抬眼看他呢,我只盯着这本书看,但是……他此刻是不是正想着这事呢?"

早晨,它就是那只握着咖啡杯,从早餐桌对面伸过来,等待这一侧的人倾倒咖啡壶,把咖啡斟到杯子里的手。幻象之中,这只手沾满了血,红得刺眼,然后又变得十分苍白,就像原来一样。抑或反过来,它是握住咖啡壶在倾倒咖啡的另一只手,这取决于观看者当时坐在餐桌的哪一侧。

一天,我看见他的目光停留在我的手上,于是我知道他那一刻在想些什么。因为在前一天,当我看着他的手时,我的目光同他此刻毫无二致,而且我当时的想法跟他此刻的想法也完全一样。

我看见他快速闭了一下眼睛,以驱除这种令人恶心的幻觉。于是,我也闭上了眼睛,以驱走自己脑中的这一意识。随后,我们俩一起睁开了眼睛,彼此朝对方笑了一笑,算是告诉对方刚才什么也没发生过。

它就在电影院里我们看的银幕上一帧帧的画面里。"我们走吧,我真是……看腻了这种电影。你走不走?"(这时电影正放到一个人准备去杀死另一个人的情景,很快,他就知道那事又要回来了。)可是尽管当时我们确实起身离开了电影院,可是已经来不及了,因为他知道我们为什么而离开,我也知道。即使当时我还不太明白,可这一事实——我们离开的这个事实——也已经告诉了我。这样一来,这种预防措施根本不起作用,它又回到了我们的意识之中。

可话又说回来,离开总比坐在那里明智。

我记得,有一天晚上,它一下子又来了,来得那么突然,没有一丝预警,令我们猝不及防,我们无论如何都不能及时回避。我们背对着银幕,顺过道往外走去。这时,突然一声枪响,接着传来一声呻吟,指责道:"是你……你杀了我。"

在我听来,这就像是他的声音,他正在对我们说话,对我们俩中的一个人在说话。此刻,我觉得,观众席上的每个人都掉转头向我们俩看过来,全都带着那种在一大群人之中有一人被指认出来之后疏离又好奇的神态,全都在盯着我们看。

一时间,我的两腿好像要拒绝载我前行。我踉跄了一下,似乎就要无助地扑倒在铺着地毯的过道上。我转身看了看他,清清楚楚地看见他此刻头缩进两肩,低了下去,表现出一副戒备的样子。

平时他总是高昂着头。片刻之后,他又抬起了头,可就在那一刻,他又把头低下去了,而两肩却耸了起来。

此刻,比尔仿佛意识到我正需要他,或许是因为他正需要我,他伸出胳膊搂住了我的腰,搀扶着我走完了余下的那段过道。他撑了我一把,让我稳定下来,实际上没有把这事全丢给我一个人来承受。

到了大堂,我们两人面色都惨白如纸。我们都没看对方,是大堂墙边的镜子让我们看到了彼此的脸色。

我们从不饮酒。我们很明白不该喝酒。我想我们都意识到,与其战战兢兢地去关上这扇门,倒不如干脆把门开得更大些,让所有的恐惧都进来。不过,在那个特别的夜晚,我记得就在我们出来时,他说:"你想喝点什么吗?"

他没有说喝酒,只是说"喝点什么"。不过我明白这个"喝点什么"是什么意思。"可以啊。"说着,我默默地打了个寒战。

我们甚至没等回到家里才去喝,那样耽搁的时间就太长了。我们进了电影院相邻的一个酒吧,在吧台前站了片刻,然后我们俩同样急匆匆地大口吞咽下一些液体。三分钟后我们从那里出来,然后我们就钻进汽车,一路开回家。一路上,我们谁也没说话。

它就在我们给对方的吻里面。不知何故,它正好就落在了我们俩的嘴唇间,每一回都如此。(是我吻他吻得太热烈了吗?这时他据此认为我又原谅他了?是我吻他吻得太无力了吗?他据此认为我此刻又想起了那件事？）

它无处不在，它无时不在，它就在我们俩之间。

我真不知道这是一种什么游戏。我只知道它的名字，人们称之为生活。

我真没把握该如何来玩这种游戏。从来没人告诉过我。从来没人告诉过任何人。我只知道我们一定是玩得不对。我们在玩的过程中破坏了这种或那种规矩，当时却一点也不知道。

我不知道这种游戏的赌注是什么。我只知道我们把赌注全都输光了，它们不再属于我们了。

我们已经输了，我就知道这一点。我们输了，输得一败涂地。

紧闭的门

门紧闭着，对来人冷漠无情，仿佛从现在起它会永远紧闭下去，似乎这世上没有什么能重新开启这扇门。门会表达，这扇门确实做到了。它一动不动，毫无生命，不通向任何地方。它不像别的门那样开启了一段故事，而是结束了一段故事。

门铃上方有个金属材质的长方形小框子，粘在门板上，本来是插姓名牌的，但现在里面空空如也，姓名牌早已不知所终。

有个姑娘静静地站在门前，纹丝不动。看样子她已经在那里站了好长一段时间了，时间一长，似乎让人忘了还有移动这回事，让人已经习惯于静止了。她的手指是要按向门铃的，但没有按下去，她没有用力。门板后面与电池相连的扬声器没有发出任何声响。看来她一直保持着那个姿势，时间久了，她忘了把手指拿开了。

她大约十九岁。十九岁的姑娘本该光彩照人，喜气洋洋，而她此刻看上去却郁郁寡欢、孤苦无助。她身材娇小，五官端正，但面容憔悴，脸色太过苍白，双颊十分瘦削。毋庸置疑，这张脸很美。只要有机会，这张脸就重现光彩，但这种机会被某种无形的东西击退了。机会一直在远处盘旋，无法接近她，来使这张脸重现光彩。

她披着淡褐色的头发，发丝柔软，蓬松杂乱，仿佛好长时间没有精心打理过了。她的鞋跟有点磨损。长袜脚后跟处一个起皱的补丁在一只鞋子上方露了出来。她的穿着是功能性的，似乎穿衣的目的就是为了遮蔽身体，而不是为了追求时尚，甚至也不是为了吸引他人的目光。作为一个姑娘，她身材很高，大约有五英尺六七英寸的样子。但她的身体，除却一处地方，实在太瘦了。

她的头稍稍下垂，仿佛她抬头抬得太累了，抬不起来了。要不就是一次接一次的无形打击让她根本就无法把头抬起来。

她终于动了，好容易才动了。她的手从门铃上垂下，仿佛是手自身的重量使它垂下的。手垂到了她身体的一侧，可怜巴巴地耷拉在那里。一只脚转过来，仿佛要走开了。等了一会儿。接着另一只脚也转过来了。此刻她背对着门，对着这扇不会为她开启的门。于她，这扇门就是块墓碑，是最终的结局。

她缓缓地迈了一步，然后又迈了一步。她的头比以前垂得更低了。她慢慢地离开了那里,把那扇门撇在了身后。最后离开那里的是她的影子。直立在墙上的影子在身后缓慢地追逐着她。影子的头也有点低垂,也太过瘦削,那扇门也不会为它开启。人已离开了,而她的影子还有点恋恋不舍。然后,无奈何,影子从墙上悄然滑下,随她而去,它也离开了。

除了那扇门,什么也没有留下。那扇门依旧默不作声,冷酷无情,紧闭如初。

无人接听

在公用电话亭,她还是一动不动,跟以前一样,纹丝不动。这是一个付费电话亭,电话亭的门被推开在一边,好让里面有足够的空气供人呼吸。只要在这样一个电话亭里多待一会儿,空气就会变得令人窒息,而她在这个电话亭里已经待了好一会儿了。

她就像一个直立倚靠在礼品盒里的洋娃娃,盒子的一边敞开着,好让人瞧见里面是什么。而且是一个旧的洋娃娃,一个卖剩下的降价处理的洋娃娃,身上已然没了鲜艳的绸带,也没有薄纸包装;一个不知是谁捐赠也没处送的洋娃娃,一个根本没人想要的洋娃娃。

尽管这是个让人讲话的地方，可她在那里面却一言不发。她在等待，想听到电话那端有人跟她说话，可是她所期待的声音根本就没有透过听筒传过来。她拿着听筒，凑近耳边。以恰当的角度把听筒放在耳边，本应该能通话了，因为听筒应当就是用来通话的。时间已过去好久，令人失望不已。听筒越垂越低，此刻已一路滑落至她的肩头，没精打采地趴在那里，一副落败的模样，活像用作胸前花饰的一朵旧的硬橡胶材质的兰花，黑且难看。

不可名状的沉默最后总算变成一个声音，但不是她想要听到的声音，不是她一直等待着的那个人的声音。

"很抱歉，不过我已经跟您讲过了。您不挂电话毫无意义，因为那个电话号码已经没人用了。除此之外，我无可奉告。"

闻听此言，她的手从肩上垂落下来，落在大腿前侧，手里还紧握着那个听筒，一动不动。紧握听筒的手最后竟如此滑落，不再动弹，仿佛要跟她心中已经死去的某样东西相伴相随一样。

但是，生命有时甚至对自己的墓志铭也无法赋予一种体面的尊严。

"请问我能拿回我的五美分镍币吗？"她小声问道，"求您了。我没找到想找的那个人，我……我就那么一个镍币了。"

绝望的单程票

她顺着出租公寓的楼梯往上爬，就好似一个松弛的拉线牵扯下的提线木偶。墙上支架上安有一盏灯，灯头朝下，就像一朵枯萎的郁金香。灯外有一个钟状扇形的玻璃灯罩，投射着昏暗的黄色灯光。楼梯中央铺有长条地毯，就像被踩烂的植物，所有的图案和全部颜色早已消失，仿佛长了一层花粉或真菌硬壳。地毯散发出的气味和给人的视觉印象完全一致。她爬了三段楼梯，然后转了个弯，向后面走去。

她在最后一扇门前停了下来，掏出了一把长柄铁钥匙。这时她低头朝房门底下看了看，就在她的脚边有一个白色三角形的东西，从门缝底下露出来。打开门一看，原来是一个信封。

她把手伸进黑咕隆咚的屋里，沿着门旁的墙摸过去，灯亮了。灯光很暗，因为灯泡功率很小，发不出多少光。

她关上房门，捡起了那封信。信封的正面朝下，她把它翻了过来。她的手微微有点颤抖，心也有点发颤。

信封上是铅笔字，看得出写字人当时漫不经心，字写得很快。只有这几个字：

海伦·乔治森

没写小姐，没写太太，也没有其他称呼。

她看起来有了些许生气。眼里少了几丝茫然无助的神色，面部肌肉不再那么紧张，痛苦的神情也少了许多。她紧紧地捏住信封，生怕它飞走，信封都有点起皱了。此时，她的行动比原先迅速多了。她双手擎着这封信来到房间中央，床边的灯光更亮些。

她静静地站在那里，又一次看了看信封，似乎有点害怕。她的脸上闪现出一种火烧火燎的急切神情，绝非兴高采烈，而是绝望之中急切想看到里面到底是什么。

她的一只手突然猛地向上一拉，急切地撕开了信封的封口，仿佛拉开了她用无形的针和线在信封上缝制的很长的针脚一样。

她把手伸进信封，去抽信纸，想看看写了什么。因为信封里总是会有信，要讲述一些事情，这就是信封的用途。

她把手抽出信封，一无所获，心情沮丧。她把信封倒过来，晃了晃，试图倾空里面该有的东西。她想一定是自己把手指第一次探进去时，里面有东西坚决不愿意出来。

没有信，压根就没有信纸。

倒是有两样东西掉了出来，掉在了床上。只有两样东西。

其中，一样是一张五元的纸币。只不过是一张来历不明的毫无感情的五元纸币，上面印有林肯的头像。林肯头像旁边使用很小的大写字母印着这类纸币都有的工整文字："此币用于合法支付公家和私人的一切债务。"支付一切债务，公家的和私人的。那位镌版工人怎么可能会想到，某天某地，他镌刻的这句话会让某个人伤心欲绝，欲哭无泪？

第二样东西是一张火车联票，跟所有的火车票所赋予的功能一样，可以连续地从起点乘车到终点。上面的每截联票在途中都可分开使用。第一截联票上印有"纽约"，也就是她现在所处的地方。最后一截联票印着"旧金山"，那是她来的地方。她是去年春天来的，但那却恍若百年之前。

没有回程票，那是张单程票。有去无回，留在那里。

如此看来，尽管这个信封里面没有只言片语，但毕竟把一切都告诉了她。五美元法定纸币，支付一切债务，公家的和私人的。去旧金山，而且不要回返。

信封一下子就掉落到了地板上。

她似乎有好长一段时间都没回过神来，就仿佛她以前从没见过五美元纸币似的，也仿佛她以前从没见过这样一张折叠型的火车联票似的。她死死地盯住车票看。

然后她开始微微颤抖起来。一开始没有声音。她的脸开始出现了间歇性的抽搐，上至两眼，下至嘴角周围。从她的表情看，她仿佛在挣扎，想爆发出某种情感。有那么一两个时刻，她看上去一旦爆发，将会是号啕大哭，但结果不是这样。

爆发的是一阵大笑。

她的两眼眯成了狭缝，嘴唇猛地向后一撇，喉咙里传出了一阵粗哑断续的声音。笑声好似生了锈，在雨里淋得太久，全都发霉变质了。

她不停地笑着，一边把破旧的旅行包拿出来，放在床上，打开包盖。她把东西装进旅行包，关上包盖后，还在笑着。

看来她一直都没从笑声中缓过神来。她一直在笑，就仿佛在听某个长长的笑话，笑话一直在讲，她的笑声也一直没有停止。

但笑声本该是欢快的、充满生气的、活泼的。

而她的笑声却不然。

善良的情侣

　　火车已经咔嗒咔嗒地平稳前行十五分钟了,而她还没有找到座位。所有座位上都坐满了出去度假的人,车厢里的过道上也站满了人,就连前后车厢之间的连廊里也都是人,以前她可从没乘过如此拥挤的火车。在登车前她被厚厚的人墙远远地挡在后面,提着旅行包,她更是步履维艰,好不容易才上了火车。她的车票只容许她登上火车,却不能让她优先拥有一个座位。
　　她疲倦不堪、萎靡不振、精疲力竭地沿着一节节车厢过道挣扎着朝火车后部走去。在拥挤的人流中,她身不由己,跟跟跄跄,铅一样沉重的旅行包更是让她想快也快不起来。

所有的车厢都站满了人，已经到了最后一节车厢了，再往前走就没有车厢了。她已经穿越了整列火车，没人给她让座。这是一列直达火车，整个旅途中一站也不停。此时要求别人让座，就实在太过分了。这可不是有轨电车或公共汽车，行驶时间短。此情此景，谁要是殷勤有礼，敢站起来让座，谁就得站上几百英里。

她终于停了下来，待在停下来的地方，因为她实在没有力气再回转身，回到原来的地方去。再往回走也没用，她能看见这节车厢的尽头，没有一个空位子。

她把旅行包顺着过道的方向放下来，试图在朝上的那面坐下来，因为她看见许多人都是这么做的。她一时手忙脚乱，失去了重心，在下蹲时差一点跌倒。不过最后她总算没跌倒，顺势将头靠在了身边的座席边上，保持着那个姿势。她实在太累了，根本不想去了解什么，也不在乎什么，甚至连闭眼的力气也没有了。

是什么让你停下来的？你停下来时，为什么正好就停在你止步不前的地方？到底是什么，是什么？还是根本就没有什么？为什么不少走一码，为什么不多走一码？为什么偏偏就停在那里，而不是别的地方？

有人说：这只是盲打误撞，如果你不停在这个地方，你就会在另一个地方停下，那时你的故事就会截然不同了。你一路走来，就是在沿途编织自己的故事。

但有其他人会说：除却这里，你不大可能在任何别处停留，即便你想要在那里停留也不成。这是天意,是上天的命令,上天要你只在这里停留而不是在别处。你的故事就在那里等着你呢,它已经在那里恭候你上百年了,在你出生之前就在等待你了,你连这个故事中的一个逗号都不能改变。你做的每一件事,都必须要去做。你是那根漂浮在水里的小树枝,水流把你带到了这里。你是风中的那片树叶,清风把你吹到了这里。这就是你的故事,你无法逃避。你只是个演员,而不是舞台监督。诸如此类,不一而足。

她目光下视。眼前的地板上,就在座席的扶手边上,有两双并排向上翘起的鞋子。座席里侧,在近窗的地方,有一双小巧的轻便女鞋,别致、漂亮,没有鞋背,没有鞋帮,也没有鞋尖,事实上,除了匕首形的鞋跟和两条带子外,几乎什么也没有。座席外侧,靠近她的这一边,是一双拷花的男皮鞋,相对来说,这双鞋子矮而宽大,粗老笨重。因为穿鞋人跷着二郎腿,所以两只鞋子一高一低。

她没有看见鞋主人的脸,也不想去看。她根本不想去看任何人的脸,不想看任何东西。

有一阵子,相安无事。后来,一只女鞋俏皮地挪向一只拷花皮鞋,轻轻地蹭它,仿佛想以一种灵巧的、不动声色的小动作与之交流。拷花皮鞋一点反应也没有,它没领会这个信息。它感觉到了,但没领会意图。一只大手伸下来,在拷花皮鞋上边的袜子上挠了挠,然后又缩了回去。

那只女鞋似乎对这种迟钝有点不耐烦了,又动了一下。这回它猛地撞了过去,在拷花皮鞋上方没有"装甲"保护的踝关节上叮了一口。

这次果真奏效。报纸抖动的忽啦声从上面传来。那人好像把报纸放下了,想看看这刺骨的疼痛到底是怎么回事。

上面发出一声回应,声音非常轻,除了那只有意倾听的耳朵外,旁人无法听清它说了些什么。

一个男子的声音疑问地咕哝了一声,作出了应答。

两只拷花皮鞋平放到了地上,男子不跷二郎腿了。然后它们稍稍向过道这边转动了一点,好像是皮鞋的主人扭动上身朝这个方向看来。

坐在旅行包上的姑娘疲惫地闭上了双眼,她知道对方的目光一定会落到自己身上,因此想避开它。

等她重新睁开眼睛时,发现拷花皮鞋已离开了座席中间的空地。此时,穿拷花皮鞋的男子站直了身子立在过道里,正好就在她的对面。那人够高的,足有六英尺高。

"坐我的座位吧,小姐,"他发出了邀请,"去吧,到我的座位上去坐一会儿。"

她力图以淡淡的微笑婉言谢绝,并有点违心地摇了摇头,但那个天鹅绒靠背看上去实在是太诱人了。

没有离开座位的那个姑娘也帮他邀请。"来吧,亲爱的,坐上来吧,"她鼓励道,"他要你坐上来,我们俩都想让你坐,你不能就那样一直待到终点站。"

那个天鹅绒靠背太诱人了,她的目光无法从那里移开,但她实在累得无法站起来并坐到座位上去。穿拷花皮鞋的男子不得不弯下身子,拉住她的胳膊,帮她从旅行包上站起来,挪过去。

当她的身子重重地坐下后,一种无法形容的幸福感油然而生,她一时又闭上了眼睛。

"好了,"他由衷地说道,"这样岂不是更好些吗?"

坐在她身旁的那位姑娘,她的新旅伴,开口道:"哎,你太累了。我从没见过有人曾累成你这般模样。"

她微微一笑,表示感谢,依然有所戒备。尽管她已作出了这样的反应,但那两位却全然不顾。

她看了看他们俩。尽管几分钟前她还不想看任何人的脸,不想看任何地方,即使此刻她也不想看其他人的脸,至少她要看清他们俩的脸。他们俩的好意仿佛一剂良药,祛除了她心中的芥蒂,使她想看一看。

他们俩都很年轻。嗯,她也很年轻,但他们俩都很幸福,很快乐,沐浴在天地赐予的福气之中,这就是他们俩跟她的不同之处。这种区别在他们全身上下都显现无遗,在他们俩的身上熠熠生辉。那不仅仅是一种勃勃生气,不仅仅是一种好运气。起初,她简直讲不清那是什么。后来,他们眼睛一动,头一转,一举手一投足,她一下子就明白了：他们俩正全身心地沉浸在炽热的爱恋之中。这种幸福简直就像磷光一样把他们笼罩起来。

年轻人之间的爱情。纯洁的爱情。这是一种在每个人身上只出现一次，而且绝对不会再次出现的初恋。

然而，在彼此谈话时，这种爱情却以相反的方式表现出来，如不是他那一方，至少在她这一方来说，就是如此。她对他说的每一句话几乎都是一种不带恶意的辱骂，一种温文尔雅的诋毁，一种和蔼可亲的轻视。她对他似乎没有一句柔和的话语，甚至没有普通人之间的那种关心。不过她的眼神证明那些都是假象而已，对此他心照不宣。他对她所表现出的一切蛮横无礼无不报以微笑，表明对她的崇拜、爱慕和完全理解。

"喂，走吧，"她不容分说，一挥手，说道，"别像个蠢人一样站在那里，把气全呼在我们的颈项里。去找点事干。"

"哦，对不起。"他说道，一边假装要把领子竖起来，仿佛他已经冻坏了。他的眼睛茫然地上下打量着车厢过道。"我想我还是到车厢之间的连廊里去抽一支烟吧。"

"抽两支好了，"她快活地说，"我才不管呢。"

他转过身，开始谨慎地挤过拥挤的车厢过道向连廊走去。

"他真好。"这位刚坐下来的姑娘很感激地说道，目光追随他而去。

"嗯，他还行，"她的同伴说，"他还算是有些优点。"说罢，她耸了耸肩。然而,她的眼神说明她说的不完全是真心话。

她环顾四周,确信他已经走远,听不见她们的谈话了,于是她把身子向另一位姑娘靠过来些,以一种亲密的口吻压低了嗓门。"这下我可以直说了,"她说道,"那就是我要他站起来的原因。我全是为了你。"

原先坐在旅行包上的那位姑娘一时垂下了眼睛,她很困惑,不以为然。不过,她对此一言不发。

"当然还有我。并不仅仅是为了你一个人。"她的同伴又急匆匆地以一种自负的口吻说道,仿佛她要迫不及待地把一切全说出来。

这个姑娘说了声"哦"。她实在不知道该说些什么。这话听起来很平淡,不带任何感情色彩,口吻类似于说"是吗?"或是"你没说过吗?"她极力想报以一丝同情、关心的微笑,敷衍一下,但她不善此道,也许是疏于练习吧。

"我怀孕七个月了。"另一位平白无故地加了一句。

姑娘能感觉到她的眼睛正盯着自己,对方貌似希望她对于自己的妊娠记录不仅仅是听,还应该作出某种友好的回应。

"我八个月了。"她说,声音低得几乎听不见。她并不想说,可还是说了。

"真了不起,"同伴对这一数字进行了一声赞扬,"太棒了!"似乎这样的话里包含了某种等级制度,仿佛她还意外地发现,自己竟没想到是在跟一个更高层次的贵妇人说话,一位公爵夫人抑或是一位侯爵夫人,她要比自己早怀孕三十天呢。两人以前都认为自己猜得八九不离十,无需深究对方的(妊娠)状况,这是女人的共性。

"真了不起,太棒了!"这个声音在那位姑娘耳内回荡着,心里却发出了一声受惊的抽泣。

"你家先生呢?"另一位又唐突地问,"你这是去找他吗?"

"不是。"这位姑娘,眼睛一动不动地盯着对面的绿色天鹅绒座椅背答道:"不是。"

"哦。你是在纽约离开他的吗?"

"不是,"这位姑娘答道,"不是。"她似乎看见这个字瞬息写在对面的座席背上,读毕即逝。"我已经失去了他。"

"哦,对不……"她快活的旅伴似乎这才第一次知道悲伤,不是为了一个破损的玩偶而悲伤,也不是一个女学生遭遇失恋而有的那种悲伤。这种感情就像一种新的经历掠过她那张容光焕发的脸。即便在此刻,她也只是在为另一个人而悲伤,而不是为自己而悲伤。这就是你可以得出的印象。她自己从来没有过悲伤,现在没有,永远也不会有。她是那些少数瑞星高照的人中的一个,穿越人世这一黑谷,一路熠熠生辉。

她咬住自己的上嘴唇,把其余的本来想一吐为快的深表同情的话语咽了回去。她一冲动,把手伸出去,搭在旅伴的手上,过了一会儿才抽回去。

接下来,她们都很巧妙地没再对这类问题谈下去,诸如生和死这类基本问题。生死问题能带来极大的快乐,也能带来极大的悲伤。

那位快乐的姑娘披着一头金黄色的秀发,像是阳光在照耀着她。秀发蓬蓬松松地披撒开来,貌似一个迷蒙的光环在笼罩着她。她杏黄色的脸颊上长有雀斑,就像一位粗心的画家不经意间用画笔在那里撒下的金黄色的小斑点。在她小而性感的鼻梁上还跨着一条斑纹。她的嘴是脸上最美的地方。如果说脸上的其余部分没法跟嘴相媲美的话,单就这张嘴就足以让她看上去异常可爱,把所有的注意力都吸引过去,事实也的确如此,就好像一盏灯足以照亮一间空房子一样,不必再装上一盏枝形吊灯。当嘴微笑时,脸上所有其他部位都会同它一起微笑。她的鼻子会皱起来,双眉弓起,眼睑起皱,先前没有酒窝的地方就会出现酒窝。貌似她很爱笑,很多事能让她笑。

她一直不停地玩弄着戴在无名指上的结婚戒指。她抚摸着它,可以这样讲,她在爱抚着它。此刻,或许她完全是无意识地在这样做。迄今为止,这个动作一定已成为她一个固定的习惯。但最初,即几个月以前,当这枚戒指第一次戴在那里的时刻,她一定是非常自豪,从那时起,她就觉得有必要在世人面前不停地展示它——就好像在说:"看呐!瞧我有什么啊!"——她一定是对这枚戒指情有独钟,以至于在很长时间内,她都爱不释手。到如今,尽管这种自豪和钟爱之情丝毫不减，这也已经成了一个坚持不懈保留下来的小习惯了。无论她的手在做什么动作，无论摆出什么样的手势，这个习惯总是有办法最为显眼地表现出来，在旁观者眼中它也显得最为突出。

戒指上镶有一排钻石，两端各有一粒蓝宝石。她发现新旅伴正注视着这枚戒指，于是就把戒指朝她稍转过去一些，好让她能看得更清楚些，并用手指十分优雅地将戒指一抹，仿佛要除去想象中滞留在上面的最后一粒尘埃。这一抹其实是假装自己此刻根本不在乎这枚戒指，这就跟先前她针对让座男子的态度一样，装作对他一点也不在乎的样子。这一抹，就跟撒谎的小精灵一样，完全是在掩饰其本意。

两人专注地聊了起来，就像新结交的朋友一样。这时让座男子在离开大约十分钟后，又出现在她们面前。他悄悄地神秘兮兮地走上前来，动作很惹眼。他先是很小心地环顾左右，仿佛有许多极其机密的消息要告诉自己的女人。接着他用一只手掌的边缘捂住自己的嘴角，然后俯下身子，低声说："帕特，一个服务生刚才向我透露，再过几分钟，他们就要打开餐车门了。这很特别，是内部消息，我提前知道了。你知道，这在拥挤的乘客中意味着什么。我想，如果想要第一批从那绳索下钻进去的话，那我们最好现在就朝那里走。等这消息一传开，人们就会蜂拥而至，届时那里就会被挤得水泄不通了。"

听罢消息，她一跃而起，动作十分敏捷。

他立刻用两只手掌，以一种滑稽的紧张动作示意她不要张扬。"嘘！别声张！你想干什么？要若无其事地走，就好像你并不准备特意要到哪里去，只不过是想站起来舒展一下双腿而已。"

她抑制住顽皮的一笑。"当我要去餐车时，我可实在装不出自己并不想特意要去哪里的样子。我满脑子都是这件事。如果你能让我别这么直冲出去二十码的距离，那真算你走运。"虽然这主意不择手段，表里不一，不过她还是服从了男友狡猾的建议。她十分夸张地踮起脚，走到了车厢过道里，仿佛她所发出的一切声音都跟他们要去做的事有关似的。

离开时，她拉了拉自己身边这个姑娘的衣袖，劝诱她同去。"走吧。你难道不想跟我们一起去吗？"她悄声说道。一副搞阴谋的模样。

"那么，这两个位子怎么办？我们会失去它们，不是吗？"

"不会的，只要我们把行李放在上面就行了。嗯，就这样。"说着，她拿起另一个姑娘的旅行包——迄今为止，它一直就放在车厢过道中——把它横放在两人的座位上，正好把位子占住。

这时，这个姑娘才站起身，从旅行包旁挪过身子，但她还是犹豫不决，落在后面，不知该不该跟他们去。

年轻的妻子似乎善解人意，在这方面她反应十分敏捷。她把他打发到前面去，为她们开路，同时也不想让他听到她们的谈话。

然后转身向着新加入的同座，机敏地安慰她："别担心，什么也别担心，他会照顾好一切的。"接着她又表现出她们俩在这方面已成了密友，竭力去减轻另一位姑娘的尴尬，向对方保证说："我会关照他这么去做的。不管怎么说，这是男人们该干的事。"

另一位姑娘结结巴巴，想婉言谢绝，而这只不过证明对方的猜测是正确的。"不，那不行……我不想……"

但她的新朋友已将她的接受当作了一个既定事实，不再为此浪费时间了。"快点，我们快要把他跟丢了，"她敦促道，"他身后的人又要把路给堵住了。"

她敦促她走在自己的前面，还十分友好地把一只手轻轻搭在她的髋部上。

"你现在可不能忽视自己了，一直都不该这样，"她压低声音告诫道，"我全明白。很多事已经使我自己认识到了这一点。"

她们俩说话时，一直充当先锋的丈夫在拥挤的车厢过道中间为她们开出了一条足够宽的通道，并不断要求过道里的乘客暂时把身体靠在座位上，让出空间来。这么做时，他丝毫都没露出怨恨的神色。看起来他周身上下有一种气质:和蔼可亲而又坚定不移。

"有一位过去一直在足球队效力的丈夫真管用，"他的新娘子得意洋洋地评论道，"他能为你驱走一切困扰。瞧瞧他的背有多宽，看见了没？"

等她们赶上他之后，她便嗔怪地抱怨说："你难道就不能等等我吗?我肚子里还怀着一个呢。"

"我也不容易啊,"他扭回头,完全没风度地回了一句,"两个人要让我伺候呢。"

由于他的先见之明,他们三人成了餐车里的第一批客人。后来,餐车门突然打开,很快里面就挤满了人。而他们早已经稳稳当当地挑了一个可坐三人的桌子,正好斜对着一扇窗。那些运气不好的人只得在外面的车厢过道里排队等候,餐车门当着他们的面毫不客气地关上了。

"我们可不能就这样坐在同一张桌子旁却不知道彼此的名字,"年轻的妻子说着,一边兴致勃勃地摊开餐巾,"他姓哈泽德,叫休,我叫帕特里斯·哈泽德。"这次她的酒窝露得较浅。"名字有点怪,是不是?"

"放尊重些,"她的年轻伴侣愤愤不平地吼道,低头看着菜单,"我可一直要你别用这个姓。我还没决定究竟是否让你跟这个姓呢。"

"现在这个姓是我的了,"这是女人的逻辑,"我还没决定是否让你跟这个姓呢。"

"你叫什么名字?"她问他们的客人。

"乔治森,"那位姑娘答道,"海伦·乔治森。"

她迟疑地朝他们俩笑笑。他看到了笑的表象,而她看到了笑的内涵。她的笑并不很灿烂,但笑得很深沉,里面含有些许感激之情。

"你们俩对我实在是太好了。"她说。

她用双手翻开一份菜单,低头看着。如此一来,他们俩就不会察觉到她的双唇因激动而稍稍颤抖起来的神情了。

"你们……一定过得非常快乐。"她若有所思地低语道。

天旋地转

晚上十点左右，为了使那些想睡觉的人们可以安然入睡，她们头顶上方的车厢顶灯熄灭了。此时，她们已经成了相当要好的朋友，以"帕特里斯"和"海伦"相称。可以想见，这是帕特里斯促成的。旅途之中，在这种温室般的氛围里，友谊之花足可以迅速开放。有时，仅需几个小时，它便可以盛开。接下来，由于旅行者不可避免地总要各奔东西，这朵花在短暂开放之后，就会同样迅速凋谢。假如天各一方以后很久，这朵友谊之花依然不败，那可是凤毛麟角了。在船上或是在火车上，旅客之间很少沉默寡言，原因就在于此，他们无须多久便互相信任，畅所欲言。他们绝不会与这些萍水相逢的人再次相遇，也就用不着担心对方对自己形成什么看法，褒贬与否，无关紧要。

安在每个座席边上的一盏盏有灯罩的小窗灯可以随意开关，尽管此刻大部分的灯还亮着，可车厢要比先前安静多了。相较之前，灯光更昏暗些，有些旅客早已经打起了盹。帕特里斯的丈夫坐在旅行包上，用帽子盖着脸，没了动静。旅行包早已经放回了他原先的座位边上，他的两条腿交叉着搁在前面的座席顶上，看上去搁得并不是很牢靠。然而，从帽子下不时传出的响亮的鼾声来判断，他那个姿势还是挺舒服的。一小时前他就已经完全不参与她们的谈话了。然而，不客气地讲，由于关于男人的话题在女人间的谈话中起重要作用，她们没有完全放过他。

帕特里斯始终保持着警觉的状态，她的双眼牢牢盯住了身后十分昏暗的过道远端的那扇门，目光十分警惕，不敢怠慢。她一直笔直地反向跪在座位上，警觉地向座席背后望去。这种姿势多少有点反常，然而，这并不妨碍她尽兴谈话，谈话还是像先前一样随心所欲、畅所欲言。只是由于她挺高了身子，此刻她旁边的座席背，连同她占有的那部分，大都空了出来让别人受益了。不过，幸运的是，有两个事实决定了这个座位上的乘客没能从中捞到好处：这两位乘客都是男人，而且此刻他们全都睡着了。

一道反射过来的灯光突然照在了她一直在注视着的那扇光滑的镀铬的车厢门上。

"她刚出来。"她使用齿擦音发出嘘声,并扭动身子,转身,下了座位,仿佛这是件至关重要的事,得立即去做。"快点!赶紧!我们的机会来了。往前走。别让其他人抢在我们前面。三个座位开外,有一个胖女人正带着她的东西一点一点挪过去呢。如果让她先到那儿,我们可就玩完了!"她非常激动(在她看来,似乎生活中的每件事都十分有趣,令人激动),她甚至推了自己的同座一下,敦促她:"快跑!去把住那扇门。说不定她看见你已经在那里后,会改变主意呢。"

接着,她立刻用手毫不客气地、无情地在她的丈夫身上很多部位乱捅,好让他清醒过来。

"快点!休!快把旅行包拿给我!要不就没机会了。就在那儿,傻瓜。就在上面的行李架上……"

"没问题,别着急,"休还在昏昏欲睡,嘟哝道。他的双眼依然还罩在他的帽檐底下。"老是说啊,说啊,叨叨叨,叨叨叨,女人生来就爱喋喋不休,唠叨个没完。"

"可男人只要不动,他生来就欠戳。"

他总算把帽子重又戴正。"现在你又要我干什么?你自己都已经把它拿下来了。"

"那好,把你的大长腿挪开,让我们过去!你把路全给堵住……"

他像拉起吊桥一样,蜷起两腿靠近身子,用手抱紧它们,等她们过去以后,才把两腿重新伸直。

"你们这么匆匆忙忙到哪儿去啊?"他一脸无知地问道。

"听听,这话是不是很傻?"帕特里斯对她的同伴说。

她们俩几乎是顺着车厢过道一路跑过去,根本不想再去跟他进一步分辩。

"他纵有三十六计,可在我内急的情况下,也根本帮不了我一点忙。"她一路抱怨,一边摇动着旅行包。

他已经转过头,好奇地看着她们,全然一副丈二和尚摸不着头脑的样子。接着他"哦"了一声。此刻,即便不说她们引起的这阵骚乱,他也总算明白她们要去往哪里了。于是,他又重新把帽子拉到了鼻子上。刚才由女人的逻辑引发的动乱打断了他的酣睡,现在他又可以重续旧梦了。

帕特里斯已随手关上了身后镀铬的车厢门,同时,也没有忘记把门里的锁扣扭动一下,决然把别人挡在门外。这时她才长长地出了一口气。"好了。我们进来了。先占先得,十分之九的法律都这么讲。我想占多久就占多久。"她断然宣称。说着话,她放下了旅行包,打开了盖子。"要是有人想进来,那就让他等着好了。反正这里的空间也只能容纳两人。即使是两人,也得是两个极要好的朋友才行。"

"总之,差不多也只有我们两人会这么做。"海伦说。

"给,拿着。"说着,帕特里斯从旅行包里取出一团雪白的面巾纸,分给了朋友一半。

"住在大洋另一侧(即欧洲)的时候,我想死这些东西了。不管是为了爱情还是为了钱,都没法得到它们。我过去总是问啊问啊,可他们根本不知道我想要什么……"

她突然停下来,看着同伴。"哦,你没有什么要擦掉的,是吗?喏,给你,把这些搽上去,如此一来,你脸上就会有东西要擦掉了。"

海伦笑了起来。"你简直让我开心到眩晕。"她的赞美之情溢于言表。

帕特里斯耸起双肩,顽皮地做了个鬼脸。"这是我最后一回尽情放纵自己了,有点这意思。从明晚起我可要规规矩矩地做人了。冷静而沉着。"说着,她拉长了脸,同时把指尖放在腹部,俨然一副拘谨的办事员的模样。

"哦,原来你就要见到你婆家人了。"海伦记起来了。

"休说他们倒一点也不拘谨,我根本无需担心什么。不过,当然啰,他们可能会向着他。要是他们不向着他的话,我倒也不会老把他放在心上了。"

她在脸颊两侧各涂上了一个玄妙的白色圆圈,然后把它们一点点延展开来,在此过程中她的嘴一直张开着,尽管在完成这套化妆动作时,张嘴对化妆本身根本不起一点作用。

"来吧,自己动手,"她邀请道,"用手指伸进去挖一点。我吃不准它是否适合你,不过它很好闻,因此你也不会损失什么。"

"你说的那些全是真的吗？"海伦紧接着又问，"他家的人迄今为止从没见过你吗？我简直无法相信。"

"骗你不得好死，他们从来就没瞧见过我一眼。我是在大洋彼岸（欧洲）碰到休的，就像我今天下午跟你说的那样，我们就在那儿结的婚，一直住到现在。我的家人都死了，我靠一笔奖学金生活，学的是音乐，而他在一家政府机构里工作。你知道，就是那种用人名首字母作名称的公司。他家的人甚至不知道我长什么样！"

"你难道连一张照片也没给他们寄过吗？甚至在婚后也没寄过吗？"

"我们甚至从没拍过一张结婚照呢。你该知道如今我们这些年轻人的做事风格的，三下五除二！我们就结婚了。有好几回我都想要给他们寄张照片去，可我对自己的照片从没有过一张满意的。你知道，我有自知之明，我其实是想给他们留下一个良好的第一印象。有一回，休甚至在一个摄影师那儿为我安排好了一个照相的时间，可等我看见样片时，我说：'你要敢把这种照片寄回你家的话，我就去死！'那些法国摄影师可真够呛！我也知道我总要照几张相的，可这种快照是那么……那么……反正我照的就是那样的照片。于是我最后这么对他说：'已经等了这么久，我现在也不想给他们寄照片了。我不寄照片，倒要给他们一个惊喜，当他们见到我时，就让他们看看我这个大活人是什么模样。那样，就免得他们产生

39

错误的希望，到头来却大失所望。'我也总是检查他所有的信，不让他对我作一点描述。你可以想象得到要不然他会怎么去做的。'蒙娜·丽莎'，'半边贝壳上面的维纳斯雕像'。每当我逮住他在信中这样描述我时，我就会说：'不，你不能这么做！'然后就把它划掉。那样一来，就会为此争斗不休。我们俩满屋子里互相追逐，不是我想夺回那封信，就是他想从我手里把信夺回去。"

有一刻她变得十分严肃。或者说，至少她能够看上去接近严肃。

"你知道，此刻我真有点希望我当初没那么做，我是说，像这样跟他们玩捉迷藏，没意思。现在我已经冷静下来了。你觉得他们真的会喜欢我吗？他们要是不喜欢呢？万一我跟他们所期望的模样大相径庭呢，还有……"

她就像收音机里播放的讽刺短剧中的一个小男孩，自己编造出一个小妖怪，并胡吹乱侃一通，直到把自己也吓着了才闭嘴。

"你是怎么让水留在这个东西里的？"她打断自己的话，轻轻地敲着洗手盆里那个柱塞装置。"每次我想在盆里面放满水，它总会打开把水放走。"

"我想，大概是把它稍稍扭一下，然后把它摁下去。"

帕特里斯先撸下自己的结婚戒指才把手伸进去。"请帮我拿一下，我想洗洗手。我害怕一不小心会把它弄丢。在大洋彼岸的时候，有一回它滑进了下水道，他们不得不取出整段管子才帮我弄出来。"

"这戒指真漂亮，"海伦若有所思地说。

"可不是嘛，"帕特里斯附和道，"瞧见没有？上面有我们的名字，刻在一起，就在戒指的里圈。这是不是个很好的主意？你帮我把它在你的手指上戴一会儿，那样才会万无一失。"

"那么做会不会带来坏运气？我的意思是说，你把它撸下来，而我却把它给戴上了。"

帕特里斯自负地一甩头。"我才不可能有什么坏运气呢。"她宣告道。这话极具挑战的意味。

"而我，"海伦忧郁地思忖着，"不大可能交好运。"

她好奇地看着这枚戒指顺顺当当地缓缓地戴到了她的手指根部。好奇怪啊，自己的手指对这枚戒指竟然有一种熟悉的感觉，就好像好久以前它就是该戴在那里的一样东西，它属于那里，但很奇怪，此前却一直不在那里。

"戴着它，感觉原来是这个样子。"她满心惆怅。

火车隆隆前行，鸣叫声听起来减轻了许多，传到在她们俩所在的地方，就只是一种柔和的颤动感了。

帕特里斯往后退了一步，她总算完成了化妆打扮。"嗯，这是我的最后一个晚上，"她叹了口气，"明晚这个时候我们将已经到他家那里了，最糟糕的一刻总会结束的。"她抱紧自己的双臂，好像有点害怕得发抖的样子。"我真希望他们喜欢将来所见到的一切。"她紧张地偷眼斜睨镜子中的自己，精心装扮着自己的头发。

"你会顺顺当当的，帕特里斯，"海伦神态平静，打消着她的顾虑,"没有人会不喜欢你的。"

帕特里斯交叉起十个手指,举起来,好让她好好看仔细。"休说他们家非常有钱,"她又信口扯开去。"有时这种情况会把事情弄得更糟,"她回忆道,不禁窃笑,"我想他们准是那样。我知道他们一定还会把我们回家的路费给我们。我们老是囊中羞涩。在那边我们一向就处于这种境地。不过,我们俩过得非常快乐。我想,只有当你囊中羞涩的时候,你才能真正体会到快乐,你说对吗?"

"有时候……不是这样。"海伦回忆道,不过她没作回答。

"总之,"她的这位密友喋喋不休地说着,"当他们一发觉我怀孕了的时候,事情就糟了!他们不会听任我把孩子生在那里。事实上,我也不太想在那里生,休也不想我把孩子生在那里。孩子应出生在可爱的美国,你不这样认为吗?最起码我应该那样做。"

"有时候你也只能为他们做到这点,"海伦表情冷漠地想道,"生孩子——可我只有十七美分。"

此刻她也依次打扮好了。

帕特里斯怂恿道:"既然我们到了这里,那就让我们在这里好好待一会儿,抽支烟。看来我们不会把其他人挡在外面的。如果我们在车厢那边大声聊天的话,他们准会发出嘘声,让我们安静下来的。他们此刻全都想睡觉了。"打火机的小小火苗闪烁在镜子里,反射出古铜色的光,她们四周镀铬的器具也都被照得闪闪发光。她心满意足,由衷地叹息了一声。"哎!我最喜欢在睡觉前跟另一个姑娘这样聊聊天。从我上次跟人这样聊天到现在已经很久了。我想那还是我上学时的事情。休说在他心中我是女人中的女人。"她突然不说话了，头很古怪地一转，想了一想："这是褒是贬？我得去问问他。"

海伦忍俊不禁，笑了起来。"我想是褒扬。我才不想成为一个像男人一样的女人呢。"

"我也不愿意！"帕特里斯急忙附和道，"这总让我想起有那么一种女人，满口污言秽语，信口开河。"

她们俩一起咯咯笑了一会儿。不过帕特里斯的思绪实在飞得太快，等她把烟灰弹进烟灰盘后，她的心思已经转到另一个话题上去了。"我在想，等我到了家里之后，我是否还能够这么公然抽烟？"她耸耸肩道，"嗯，对了，在谷仓后面总会有地方可以抽烟的。"

突然她又想起了她们共同的境况来了。

"你害怕吗？你知道，就是那件事。"

海伦用眼神承认自己害怕。

"我也害怕，"她陷入沉思，吐了一口烟，"我想所有的人都有点害怕，你说呢？男人们认为我们不会害怕。我能做的就是瞅着休——"她那对小酒窝很滑稽，显得更深了——"我看得出他也被我们俩吓坏了。如此一来，到时候我就不会显出害怕的样子了，反而会让他安心。"

海伦琢磨，要是能有个人跟自己谈论这件事会是个什么样子。

"他们对这件事感到高兴吗？"

"嗯，那当然。他们蠢得让人好笑。你知道，这将是他们第一个孙子辈的孩子。他们甚至没问过我们是否想回来。'你们一定会回来'，他们肯定这么想。"

她将手中的烟蒂凑到一个水龙头底下，放出一股急流将烟蒂熄灭。

"好了吗？我们此刻该回到自己座位上去了吧？"

她们俩一直在做些琐细之事。人的一生就是要不停地做各种小事，反反复复，贯穿一生。然后，突然出了一件大事——可那些小事去哪里了？它们发生了什么变化？是哪些小事？

她把手伸向门，反向将小门栓拉开，那是当初她们进来时帕特里斯拴上的。帕特里斯在她身后，她正在将什么东西重新放进打开盖的化妆盒里，准备关上后随身带走。从墙上那道薄铬膜，她能隐约看见她的身影。琐细之事，人生就是由琐细之事构成。琐细之事却能止住……

她的感觉捉弄了她。她的感觉来不及跟发生的变故同步，她产生了错觉。最初，她觉得自己开门时好像做错了什么，使门完全掉了下来，这种印象一闪而过。她只不过动了一下那个小门栓而已，却好像把整个门板朝里拉下来压在自己身上了。好像门完全从门框、门铰上脱落下来了，然而事实不是这样，门根本没掉落下来，它根本没从镶嵌在墙里的门框上脱落。第二个印象也一闪而过，同样是错觉，也仅持续几秒钟的时间。她觉得整个隔间的墙、门和一切全翻转过来，要砸到自己身上来了，吓死人了，但事实也不是这样。相反，整个隔间似乎颠倒过来，绕着一个轴心疯狂地翻转过来，这样一来，原先一直是在她面前的那堵墙此刻却翻转过来成了她头上的天花板，而原先她一直站立其上的地板，此刻却翻转过来，成了立在她面前的一堵墙。想摸到那扇门是毫无指望了，如今隔间犹如一个陷阱，门就在头顶上，关得严严的，根本够不着。

灯灭了，所有的灯都灭了。一连串大爆炸的影像闪过脑海，栩栩如生，在黑暗中闪现出白炽色的光芒。过了相当长的一段时间，她才意识到自己正置身于一片漆黑之中，什么也看不见，幻象造成的恐惧仍让她心有余悸。

她感觉有点恶心，好像铁轨不再是硬钢条，却软化成了翻飞的绸带，而这列火车却依然想顺着它们的弯曲线条行进。车厢似乎在上升又落下，就好像在过山车轨道上俯冲向下又冲上来，越来越快，越来越快。远处裂开了，发出刺耳的声音，声音越来越近，越来越高，令她想起小时候自己家里的咖啡磨。不同的是，咖啡磨不会把人拖进磨盘里去，不会把一切全轧碎，而这列火车则不然。

"休！"散了架的地板本身似乎在她身后尖叫了一声。就叫了一回。

接下来，地板又陷入沉寂。

还有一些次要的印象。多条焊缝裂开来，沉重的金属块在她头顶弯曲。后来，她容身的开口不再是正方形的，而成了帐篷的形状。黑暗中一时显出阴森的苍白色，呼吸起来很热，有一种涩涩的感觉，原来是蒸汽逃逸出来了，接着又变得稀薄了，四下里又是漆黑一片。远方某处有一点橘黄色的光在闪烁，接下来越来越暗、越来越弱，最后消失了。

此刻没有任何声响，没有任何动作。万籁俱寂，恍恍惚惚，被人遗忘。这是怎么了？睡着了吗？还是死了？她不认为自己死了，但也不是活着。她还记得活着的样子，几分钟前她还活着，有很多灯，有很多人，有动作，有声响。

这一定是别的什么变故，自己正处于某种过渡阶段，处于某种迄今为止自己还不得而知的别的境况之中。既非生，也非死，而是一种介乎两者之间的状况。

不管它是什么，它包含着痛苦，里面都是痛苦，只有痛苦。开始不怎么疼，但越来越疼，越来越疼。她想动一下，却动不了。一个小小的圆圆的东西，冷冰冰的，湿漉漉的，顺着她的脚向下，正控制着她。它直接经过她的身体掉下来，就好像一根水管从接口处脱落开来。

越来越疼，越来越疼。如果能放声尖叫就好了，或许尖叫能减轻这种痛苦，但似乎她无法叫出来。

她把手放到了嘴边，在第三根手指上碰到了一个小小的金属环，那是套在她手指上的一枚戒指。她张开嘴咬住了它。起作用了，疼痛稍稍减轻了一点点。她越疼，就越使劲咬那枚戒指。

她听到自己在呻吟，于是闭上了眼睛。疼痛不见了，但其余的也走了，思想、认识、意识统统都没了。

她又不情愿地睁开了眼睛。过了几分钟？几小时？她不知道。她只想睡觉，想多睡片刻。思想、知识、意识又全都回来了。不过疼痛没回来，看来它永远不会再回来了。取而代之的只有疲倦。她听到自己在轻声呜咽，就像一只小猫。或者说她就是一只小猫？

她只想睡觉，多睡片刻。不过有人正弄出巨大声响，不让她睡。叮叮当当，重击松弛的锡皮的声音和撬开东西的声音响彻耳畔。她把头向旁边一滚，以示抗议。

一道细长的光束从她头顶上方的某个地方射进来，仿佛一根细长的手指，也好似一根辐条，刺向她，指向她，想在黑暗中找到她。

实际上光束并没有照到她，但它不停地在这片乱七八糟的地方，在四周寻找她。

她只想睡觉。她轻轻地像猫似的叫了一声，以示反抗——或者她就是只猫？——外面的人大吃一惊，动作更快了。重击声越来越快，撬动声也越来越忙碌。

接下来，这一切突然完全停住了，彻底中止了。正对着她头顶上方，传来了一个男人的声音，声音很奇怪，听起来空洞而模糊，就好像在通过一根管子说话。

"别动。我们向你过来了。亲爱的,再坚持一分钟。你能坚持吗?你受伤了吗?你情况很糟吗?就你一个人在下面吗?"

"不是,"她有气无力地答道,"我……我刚才在这里生下一个婴儿。"

逐渐苏醒

  身体的恢复就好像是将很不平衡的两个至点（夏至和冬至）做一番循序渐进的调整过程。起初，总觉得时间是在晚上，好似连续的极夜，白昼的时间非常短，只持续一两分钟。夜晚睡觉，白天清醒。接着，一点一点地，白昼延长，夜晚缩短。如今，白昼不再是每天当中的短促时段，而成为其中较长的那一部分，就像春分之后白天应有的那样。不久，白昼就已经开始搭上另一端了，从一天的开始一直延伸到太阳落山以后，并侵入了傍晚初始的一两个小时。现在，每天黑夜不再出现短促的白昼，相反，白昼中倒会出现短促的黑夜时光。不是小睡片刻就是打个盹儿。两个至点已经换过来了。

　　身体的康复也好似是在另一个与之同步的平面上，时间和空间都进入了这个平面。随着她的白昼日益扩大，她对周围环境的感知范围也日益扩大。起初，在她每次清醒时，她能感知到的仅是周围很小的范围：她脑后的枕头、床上部三分之一的部分，还有外面有张模糊不清的脸不停地俯视她，那张脸去去回回。此外，人家还让一个小生命栖息在她的臂弯里，每次只放片刻。那是个活生生的温暖的小生命，是她的孩子。这些时候，她就会比别的时候更有生气。她被喂食、喝水、晒太阳，那是她又活过来的生命线。其余的一切她均不关注，全都消失在她周围那一片向远方延伸的灰蒙蒙的迷雾之中。

　　不过，她的视觉核心在日益扩大。如今它已经扩大到了床脚边，接着又跳过床脚，到了床四周护城河似的房间其余部分，它的底部还没法看到，然后又到了房间的墙壁，三面墙壁，再也不能向前了，就到此为止。不过这绝非不完全的清醒造成的限制，而是身体器官使然，因为即使是好眼也看不透墙壁。

　　这个房间很舒适，极其舒适。胡乱收拾一下绝不可能使之宜人。这种舒适一目了然，到处都是。可以说是精美绝伦，无懈可击。无论是色彩、比例、声音效果、安逸和气派，还是所有的一切，都让人感觉到安全，受到了庇护，归属感油然而生，那是一种发现了天堂、找到了避风港的感觉，一种不会受人打扰的感觉。

一定是极高的科学技巧和才识渗透其中，才能造就这种累积效应。这种效应，于她心中，何以述之？唯有舒适。

整体效果是一种温馨明亮的乳白色，而不是医院里那种令人心生寒意的白色。她的右上方有一扇窗户，安有软百叶窗。当卷起百叶窗时，一道厚实的平板状阳光照射进来，如同一大块含铜的金矿石。当放下百叶窗时，一道道分散的光束显得很朦胧，形成了一片迷蒙的光雾，里面飘浮着大量含铜的金粒，犹如一个光环粘附在整个窗户上。在其他时候，百叶窗板条被人紧紧地闭合在一起，房间里便形成一片凉爽的蓝色幽暗，即使这样，也很宜人，令人毫不费力地闭起眼睛，小睡片刻。

房间里也总是摆放着鲜花，就在她右边的床头上方。花的颜色从不重复。每天一定有人来换掉这些花。鲜花天天摆，但从不会连续摆放相同颜色的花。第一天是黄的，第二天是粉红的，第三天就是紫的和白的，接下来一天又换回黄的。花被拿走替换时，她总是渴望再次看到花，这使她每次想要睁开双眼，看看这一天会摆放什么颜色的花。或许这也是总有鲜花摆放在那里的原因。总会看到一张脸，那人会把花端近她身边，让她好好看看，然后再把它们摆回去。

每天她讲的第一句话总是："让我看看我的小宝贝。"而紧接着第二句话就是："让我看看我的花。"

一会过后还有水果。水果并不是一开始就有的，而是稍稍过了一段时间,她重新有了食欲才送来的。水果放在另一个地方,离她稍远些,靠近窗台那里。水果放在一个篮子里,篮提上挺立着一个用缎带扎成的很大的蝴蝶结。水果也从不重复,也就是说,各种水果的搭配和比例从不重复,水果也从没有一丁点瑕疵,她因此明白,每天送来的水果也一定都是新鲜的。扎在篮提上的缎子蝴蝶结也从不重复,由此也可以推测出,每天用的水果篮也不是同一个。每天都是用新篮子装上新水果。

如果说,在她看来这些水果的意义不如鲜花重大的话,那是因为鲜花是鲜花,而水果只不过是水果而已,两者不能相提并论。尽管如此,水果的样子依旧赏心悦目。阳光照过蓝色葡萄、绿色葡萄和紫色葡萄,呈现出一种教堂窗户的光彩;巴特里特梨则带有一抹玫瑰色的红晕,那几乎是只有在苹果的黄色表面上才会有的色彩。黄桃带着一层绒毛,柑橘小巧可爱,而鲜艳的苹果则红得发紫。

每天,她都依偎在凉爽的深绿色薄纱织物之中。

以前,她不知道医院竟然会对病人如此体贴,她也不知道医院会为病人提供这些东西,即使是病人的钱袋里只有十七美分——或者说如果他们有钱袋的话,就会——也会接纳他们住院。

有时她会思考过去,回忆过去,重温过去。过去留下的痕迹虽然不多,但却让这个房间蒙上阴影,使房间本来光明的四个角落变得黯淡下来,甚至透过窗户照射进来的一道道梁柱般的阳光光束也变得纤细无力，使她只想用被子裹住双肩。因此，她认识到应该避开对往事的回忆，不要再去招惹它。

她想道：

我当时在一列火车上，跟另一个姑娘关上盥洗室密谈。她还能回忆起盥洗室里亮闪闪的金属固定装置和镜子。她能看清那个姑娘的长相：三个酒窝呈三角形，两边脸颊上各有一个，下巴上也有一个。只要她拼命去想，她甚至能重新感觉到摇动和震动，走路也有点趔趄。但这样一想便使她有点恶心，因为她知道接下来，就在几秒钟的时间里，会发生什么事。现在她明白了，但当时她并不知道。通常就在这一刻她会匆忙把感官影像关掉，就好像她脑海之中有一个开关似的，能预先阻止自己回忆接下来肯定会出现的那一幕幕场景。

她想起了纽约，想起了那扇不会为她开启的门。她想起了那张从信封里掉出来的单程火车联票。那就是笼罩整个房间的阴影，赶不走，推不掉，如泰山压顶。那也是使她感觉房间温度下降的真正原因。每当她回想起那次火车旅行，她就会想起上车之前在纽约发生的一切。

这时，她就会赶快闭上眼睛，把头扭向枕头另一侧，把过去全都关在外面。

现在好多了。白昼所给予的任何时刻都可以轻松拥有，拥抱白昼一点也不用费力。活在当下，让过去见鬼去吧！当下很安全，别离开当下,不管向哪个方向,向前还是向后。离开当下,到处只有黑暗,根本不知道会发现什么。留在原地,躺在原地,就在原地别动。

　　她张开双眼,热情地欢迎当下。阳光照进来,厚实、温暖、有力,足以能承受一架雪橇的分量,让它从窗台上滑到地上。眼前鲜花怒放,色彩鲜艳,饰有缎带的篮子里装满了水果。周围静谧,非常宜人。那个小生命很快就有人送过来,让他憩息在自己身旁。她明白那就是幸福,一种全新的幸福。她会不由自主地弯起胳膊抱起他,不愿他再离开。

　　让过去见鬼去吧!让当下继续延续吧!不要问,不要寻找,不要质疑,不要争吵,付出你所有,紧紧抓住它,别让它跑了!

梦醒时分

正是那些鲜花使她崩溃,将当下带到了尽头。

一天,她想采一朵花,想从花束上摘一朵下来,握在手里,直接放在鼻下底下闻闻芳香。仅用眼睛抽象地去欣赏,已经不能满足她了。

这一回花束移得靠她比较近些,并且她自己如今行动也更加自如了。在她产生摘花的冲动时,她早已经静静地躺着欣赏好一阵子了。

有一朵小花,正好朝她这一边垂下来,她认为自己能够采到它。她充分扭转身子,整个人完全侧了过去,把手向那朵花伸过去。

她的手攥住了花柄，在此压迫下，花轻轻颤动了一下。她明白单用一只手无法折断它，况且她也不想那么做。她不想毁掉那株花，只是想摘下来把玩一会儿。因此，她开始将花柄垂直地从花托上向上拔，花柄很长，似乎怎么也拔不到底，她只得把手向上举得高高的，最后从高过自己的头顶处缩下来。

花碰到了床背，那一部分离自己太近，不把头完全转过去，她根本无法看到床背，上面有什么东西轻轻摇动了一下，似乎马上就要与之分离并飘落下来。

她将头完全转了过去，结果反而离它更远了些。她如今呈一个半坐的姿势，在这之前她从未尝试过要这样做。如此一来，她能看清了。

那是一个非常轻巧的矩形金属框架，紧紧扣在床头最上端的横木上，金属框架的其余三边都很松弛，里面装有一张平滑的纸片，上面有字。刚才由于她的撞击，框架晃动，她无法看清上面写的是什么，直到晃动停止，她才发现上面的字迹十分优雅。

框架一直就在距她头顶几英寸处，但在此之前，她从来没有看到过。

原来那是她的床头牌。

她心无旁骛地凝视着它。

突然，当下以及安然无虞全都碎成了碎片，那朵花从她伸出的手里不由自主地落到了地上。

纸片顶端写有三行非常匀称的字。每一行的第一部分都是印出来的，均不完整；每行剩下的那部分则是用打字机打上去的。

顶上一行："病区——"

接下来是："妇产科。"

下一行："房间号——"

接下来是："25。"

最下边一行："病人的名字——"

接下来是："帕特里斯·哈泽德（夫人）。"

结婚戒指

门开了,护士走了进来。她的脸色随之一变,脸上的微笑立即消失了。那位护士即便还没有朝床那边走近一步,也能察觉到她的整个脸色跟以往全然不一样了。

护士走上前去,为她的病人量体温。接着她又摆正了床头牌。

两个人谁也没说话。

房间里弥漫着恐怖气氛。房间里笼罩着一片阴影。在这个房间里,当下已不复存在,将来已取代了它的位置,它带来了恐怖,带来了阴影,带来了陌生,这些甚至比过去能够带来的一切还要糟糕。

护士把体温计拿到亮处，仔细看了看。只见她额头紧蹙，把体温计放下了。

她小心翼翼地提了个问题，仿佛在提问前已经校准了发问的语气和速度。她问道："怎么了？有什么事让您心烦？您有点低烧。"

躺在床上的这位姑娘没有回答，反而提出了自己的问题。她既害怕又紧张。"我床上那是什么东西？它为什么在那里？"

"每个病人都有一个，"护士安慰道，"没什么，它只是一张……"

"可是……瞧这名字。写的是……"

"看到自己的名字吓着您了？你不要去看它，你真不该去看它。嘘，现在不要再说话了。"

"但有事我……你可一定得告诉我，我不明白……"

护士为她测脉搏。

在护士为自己把脉时，病人突然看了看自己的手，一下子吓呆了。她看到了戴在第三根手指上的钻石戒指，那是枚结婚戒指。仿佛她以前从没见过它，她很奇怪它怎么会戴在那里。

护士看到她手忙脚乱地想设法褪下那枚戒指，但它不容易撸动。

护士的脸色为之一变。"稍等，我马上就回来。"她不安地说道。

她把医生叫进了病房。一踏进病房门槛，护士就不再低语了。

医生走近病床，把手往病人的前额一搭。

他对护士点点头，说道："有点低烧。"

他说："把这喝了。"

这药有点咸。

他们把病人的手放进被子，不让她再看见那只戴戒指的手。

他们把杯子从她嘴边拿开。她不想再问任何问题了，什么也不想问了。她还会再问的，不过，得过一阵子，此刻她不问了。有些事她一定要跟他们讲清楚。她刚才想说，可现在又忘了。

她叹了一口气。再过一阵子吧，现在不说了。此刻她只想睡觉，别的什么也不想做。

她把脸转向枕头，很快就进入了梦乡。

得知真相

　　那件事又来了。她一抬眼,看到房间,一瞥见那些鲜花,一瞥见那些水果,那件事立即就来了。

　　有个声音在跟她说:慢慢想,慢慢讲。当心,当心。她不知道是怎么回事,也不知道为什么,但她知道自己必须要留心。

　　护士对她说:"把橘子汁喝了。"

　　护士对她说:"从今天起,你可以在牛奶里放一点咖啡。每天加一点。有点变化不是挺令人高兴吗?"

　　慢慢想,小心说。

　　她问道:"出什么事了?"

她又呷了一小口米黄色的牛奶。小心想,慢慢讲。

"谁出事了?"护士接上了她的话茬。

哦,现在得千万小心,小心。"火车盥洗室里还有一个姑娘和我在一起。她现在没事吧?"她又呷了一小口牛奶,停顿了一下。此刻她稳稳地握住杯子,对,就这样,别让杯子晃动。想到这里,她重又把杯子放回托盘,又慢又稳,大功告成。

护士默默地摇了摇头,说道:"有事。"

"她死了吗?"

护士没有回答,她也在慢慢回想,也在谨慎行事,不贸然作答了。她问道:"你跟她很熟吗?"

"不熟。"

"你只是在火车上才碰见她吗?"

"是的,没错。"

此刻,护士已经做好了"铺垫",认为这样谈下去不会出问题,于是她点了点头。尽管她放慢了节奏,却已经就这问题答了两句了。"她死了。"她平静地说。

护士望着她的脸,有所期待。前面的"铺垫"很好,不会出现"塌方"。

护士斗胆又往下问。

"还有什么人您想要打听的吗?"

"那人怎么样了?"

护士拿走了托盘,似乎要搬走现场的一切东西,以免出乱子。

"您说的是他吗?"

就是这些词。她采用了。"他怎么样了?"

护士说:"稍等。"她走到门边,打开门,跟门外某人示意了一下。

医生走了进来,后面又跟进一个护士。她们站在一边等候着,仿佛准备应对紧急情况。

第一个护士说:"体温正常,脉搏也正常。"

第二个护士在一个玻璃杯里搅拌着什么。

护理她的第一个护士站在了床边,抓住她的手,紧紧握住,握得紧紧的,毫不松懈。

此刻,医生点了点头。

第一个护士舔了舔嘴唇,说:"您的丈夫也没救过来,哈泽德太太。"

听罢,她能觉出自己的脸都惊白了。皮肤紧绷,感觉仿佛脸上的皮肤太少了。

她说:"不,有件事不对头……不,你们弄错了……"

医生不显眼地做了个手势。他和第二个护士敏捷地靠近了她。

有人把一只凉手放在她的额头上,把她向下按住,动作虽轻但很有力,她不知道那是谁的手。

她说:"不,请听我说!"

第二个护士手持东西凑近她的嘴。第一个护士则握紧她的手,她的手很暖和，握得很紧，好像在说："我在这里。不要怕，我在这里。"放在她额头的那只手凉，但挺有劲。用力了，但力气不太大，只不过足以使她的头无法乱动。

"求你们了……"她无精打采地说。

之后，她再也没说什么，他们也没说。

最后，她无意中听到医生低声说了一句，似乎得出结论："她扛得住。"

进退维谷

那件事又回来了。此刻它怎么可能不来呢?一直睡不安稳,睡一小会儿就醒。它又来了。慢慢想,小心讲。

她最熟悉的那个护士叫奥迈耶小姐。

"奥迈耶小姐,医院每天都给每个病人送花吗?"

"我们倒是很乐意送,但我们负担不起。你每次看到的那些鲜花都是花五美元买来的。只有你才有。"

"医院每天也供应水果吗?"

护士温柔地笑了。"我们也很乐意供应。我们真希望有能力这么做。那些水果每篮每次都要花十美元,长期订购,只有你才有。"

"哦,是谁……?"她温柔地说。

护士迷人地笑了笑。"你难道猜不出吗,亲爱的?不难猜到。"

"我有些事想要告诉你。你必须得听我说。"她的头在枕头上不安地翻动着,先是扭到一边,接着又扭到另一边,然后又扭回来。

"哦,亲爱的,我们今天难道要过得不开心吗?我原以为我们今天会过得非常快活呢。"

"你能为我找到一样东西吗?"

"我来试试。"

"那只手提包,就是在火车的盥洗室里我随身带的那只手提包。它里面有多少钱?"

"你的手提包?"

"就是那只手提包。我在那里边时用的那一只。"

过了一会儿,护士回来了,说道:"放心吧,它安然无虞,为你保管着呢。大约有五十元左右。"

那不是她的包,那是另一位姑娘的包。

"有两个包。"

"是还有一个包,"护士承认,"现在它不属于任何人了。"

她深表同情地垂下眼睑。"那个包里只有十七美分。"说着,她几乎不出声地叹了口气。

这个无须别人告诉她。她清楚得很。在登上火车前她就记得清清楚楚,在火车上她同样记得很清楚。十七美分,两个一分的,一个五分的,一个一角的。

"你能把那十七美分拿到这儿来吗?我就看一眼,行吗?你能把那些钱放在我的床边吗?"

护士答道:"我吃不准这么做对你是否有好处。我得去问问,看他们会怎么说。"

但她还是把这些钱带来了,在一个小信封里。

护士走了,就她一个人了,她把四枚硬币从信封里倒出来,倒在手心里。她把手握紧,把这些钱紧紧握在手心里,狠命地握紧。心有千千结,她进退维谷。

五十美元,是一种象征,象征着未知的更多的数目。

十七美分,就十七美分,什么也象征不了,因为再也没有什么了。就十七美分,别的一无所有。

护士又回来了,朝她微笑着问道:"喂,刚才你想告诉我什么事啊?"

她也恢复了微笑,只不过是惨笑。"这事可以过一阵子再说。过些时候我会告诉你的。也许是明天,也可能是后天。今天……今天就不说了。"

下定决心

早餐托盘里有一封信。

护士说:"瞧见没?现在你开始有信件了,就跟那些有钱人一样。"

那封信靠在牛奶杯上,斜对着她。只见信封上写着:

"Mrs. Patrice Hazzard"

("帕特里斯·哈泽德太太 亲启")

她害怕那封信,但目光无法从信上移开。那杯橘子汁在她手里不自觉地晃动起来。信封上的字似乎越变越大,全成了大写字母,并越变越大,越变越大,挺立在那里。

"MRS. PATRICE HAZZARD"

（"帕特里斯·哈泽德太太 亲启"）

"打开它吧，"护士鼓励她道，"别老那样看着它啊。它又不会咬你。"

她试了两次，可是都没能拿起来。第三次她总算沿着信封的整个封口撕开了一条缝。

帕特里斯，亲爱的：

尽管我们素未谋面，亲爱的，如今我们却只能认你当女儿了。对我们来说，你是休的遗孀。现在我们只剩下你们了，你和你的小宝贝。你住在医院里，可我却不能来看你，这是医生的吩咐。对我来说这次打击太大了，并且医生禁止我前去。不过你肯定会来看我们的。快点来吧，亲爱的。回家来吧，我们失去了休，备感孤独。你来了，我们会好一些。亲爱的，相信现在离那一刻不会太久了。我们一直与布雷特医生保持着联系，他送来的有关你的康复情况令我们非常高兴……

信的其余部分无关紧要，她不想再看下去。

这封信就像许多火车轮子一样在她的头上碾过。

尽管我们素未谋面。

尽管我们素未谋面。

尽管我们素未谋面。

过了一会儿,护士毫不费力地从她松开的手指间取走了信,重新放回到信封里。护士在房间里来回走动。她看着那位护士,满心恐惧。

"如果我不是哈泽德太太,还会让我住在这个房间里吗?"

闻听此言,护士哈哈大笑。"我们会把你从这里赶出去的,会把你赶到另一间病房里去的。"说着,那位护士弯身凑近她,装出一副恐吓的样子。

护士说:"来,抱着你的儿子。"

她紧紧地抱住儿子,护儿心切,非常用力,自己的肌肉几乎都痉挛了。

十七美分。十七美分花不了多久,一下子就会花完。

护士想幽默一下,她还想把刚才的小玩笑继续开下去。"怎么,你还想告诉我你不是哈泽德太太吗?"她戏谑地问道。

她使劲抱着孩子,紧紧把他搂在怀里。

十七美分,只有十七美分。

"不,"她把自己的脸贴在孩子身上,闷声闷气地说道,"我不想那样跟你说,不想。"

出院回"家"

　　她身着睡衣，坐在窗边的阳光里。睡衣由蓝丝绸缝制而成。每天下床后，她都穿这件睡衣。睡衣的胸袋上用白丝线绣着花体姓名首字母；"PH"这两个字母交织在一起。拖鞋跟睡衣相配。

　　她正在看书。书的扉页上，赫然写着"献给帕特里斯，妈妈永远爱你"。这些字她早就看到了。在床边的书架上还有一排其他的书，一共有十到十二本。这些书都有色彩鲜艳的护封，有蓝绿色的、有洋红色的、有朱红色的、有钴蓝色的。书的内容生动活泼，封面上也没有一丝阴暗的色彩。

　　在她的安乐椅旁边，有一个矮架子，上面放有一个盘子，里面散落着一些橙皮，还有两三颗橙核。盘子旁边，还有一个更小的盘子，上面搁着一支点燃的香烟。香烟是定制的，带有过滤嘴，印在烟上的大写首字母"PH"还没烧去。

阳光从她身后头顶上方投射下来，她的秀发朦朦胧胧，呈半透明样，看上去仿佛满头金色泡沫。随着椅背的摇动，阳光在她的身前跳动着，自上而下，穿过金色的光圈，落在一只凸出的光脚背上，如同印上了一个温暖而明亮的吻。

有人在门上轻轻敲了几下，紧接着，医生进来了。

他拉过一把椅子，在她对面坐下。他反坐在椅子上，笔直的椅背竖在面前，这个不拘礼节的举动增加了亲切感。

"我听说你很快就要离开我们了。"

闻听此言，她不由得一惊。书掉在地上，他不得不帮她捡起来。他把书递给她，而她看上去却无法接住它，于是他就把书搁在了旁边的架子上。

"别害怕。一切都安排得……"

她呼吸有点困难。"哪儿……？去哪儿？"

"怎么了，当然是去家里啰。"

她把手放到头发上，稍稍抚了抚，但接下来头发在阳光里又重新蓬勃起来，就跟先前一样，像是充了气。

"这是你的车票。"他从自己的口袋里抽出一个信封，想递给她。她双手向后稍稍一缩，顺着椅边向椅背后缩回去。于是，他就把信封夹进了丢在旁边的那本书里，让信封露出一点，犹如一张书签。

她的眼睛睁得很大，看起来要比他进屋之前还要大一些。"什么时候？"她几乎不出气地问道。

"礼拜三，是中午过后的那班火车。"

突然，她周身恐慌起来，仿佛有一团让她无法抵挡、摆脱不掉、侵入骨髓的火焰在舔舐着她。

"不，我不能去！不！大夫，你一定得听我说！……"她想用两只手抓住他的手，抓住不放。

他开玩笑似的对她说，就像是在跟一个小孩讲话。"嗯，嗯，好了。这是怎么了？这是怎么了？"

"不，大夫，不要！……"她不停地摇着头。

他双手攥住她的一只手，抚慰她。"我明白，"他安慰道，"我们也有点不安，我们刚刚开始习惯这一切……放弃周围熟悉的环境，到一个陌生的环境中去，谁都会有点胆怯。我们都有这种情况，这是一种典型的紧张反应。不过，你很快就会习惯的。"

"可我不能这么做，大夫，"她激动地小声说道，"我不能这么做。"

他抚摸着她的下巴，慢慢鼓励她。"我们会帮你登上火车的，你只要坐上火车就行了。到终点时，你的家人会在那边接你的。"

"我的家人？"

"别这样一副可怜相。"他搞怪地劝诱道。

他瞥了一眼婴儿床。

"这里的小宝宝可好?"

他走到婴儿床边,把孩子抱了出来,递给她,放到她的臂弯里。

"你想把他带回家,对不对?你不想让他在医院里长大,对不对?"他开玩笑道,"你想让他有个家,对不对?"

她紧紧抱着孩子,头垂在他身上。

"是的,"她终于顺从地说道,"没错,我想要他有个家。"

人生分界线

又乘上了火车，可这回与上次大相径庭。过道中不再拥挤，没有了通过时你冲我撞的现象，也没有了出出进进的病人，自然也就看不到摇摆不定的人性了。如今是在一个包厢里，一个完全属于她自己的卧车小包厢里。小吊桌，可以升起，也能放下。包间内有壁橱，壁橱门上有一整扇玻璃，就跟地上任何一处寓所一样。架子上的隔层里，行李一层层码放得很整齐，行李都是崭新的，第一次使用，油漆光亮耀眼，金属附件也锃光瓦亮。行李的各个转角上，有用模版整洁地印上去的朱红色大写的"PH"字母。小台灯，带有灯罩，在天色变黑后，可借光读书。托架里面插有鲜花，离别送行的花——不，是欢迎回家的花——是在离开站台时由人代为送上的。盒子里面盛有光滑的水果糖。还有一两本杂志可读。

包厢有两扇宽大的窗户，在前后墙之间几乎成为一块平面玻璃。窗外，树木宁静地掠过，呈一条直线，在阳光照射下泛着斑驳的阴影。一侧的树呈深绿色，另一侧则呈苹果绿色。浮云也宁静地掠过，只是运动的速度比树木更慢些，仿佛这两样物体在持续不断运动的两根带子上分别做着几乎是同步的运动。偶尔可见块块牧场和农田，远处连绵起伏的座座小山丘也映入眼帘。火车一路起起伏伏，想必未来的生活也会起起伏伏吧。

就在她对面的那个座位上，一张小脸从舒适的蓝色小毯子里露出来，小眼睛紧紧地闭着。迄今为止，所有这一切都不如它重要。这就是她珍爱的小宝贝，倾心所爱的小宝贝。整个世界上最钟爱的就是他。为了他，她会奋力前行，管那外面世界，道路起起伏伏，曲曲又折折！

没错，如今真是大相径庭。然而，相对于这一次，她更喜欢第一次的旅行。此刻，在火车上，恐惧伴她一路前行。

当时，她什么都不怕。没有座位，没一口吃的，只有十七美分。随着路途不断缩短，越来越近的是不可预知的灾难、恐怖，以及死神拍打翅膀的声音。

然而，那时用不着担惊受怕，不像现在要承受这种百虫咬心般的恐怖。那时的内心没有这种拉力和反拉力，一个往这边拉，一个往另一边拉。那时很镇定,也很确定,沿着正确的路走,当然也只有一条路可走。

火车轮子咔嗒咔嗒作响,火车轮子在铁轨上都会发出这样的响声。然而在她听来,此刻这声音却在说:

"最好别去他家,最好别去他家,

咔嗒－咔嗒,咔嗒－咔嗒,

能停下就停下,不要去他家。"

她身上很小的一部分动了,是最小的部分动了。她张开了大拇指,其他四根手指也慢慢地张开了,过去几小时里这些手指一直紧紧地攥着,攥成了拳头,颜色惨白。此刻,摊开的手心里赫然可见——

一枚有印第安人头像的一分硬币。

一枚有林肯头像的一分硬币。

一枚有野牛图像的五分硬币。

一枚有自由女神头像的十美分硬币。

十七美分钱。如今,她甚至能说出每一枚硬币上面的年份。

"咔嗒－咔嗒

停下来,别去他家,

你还来得及啊,

回转身,别去他家。"

慢慢地,四根手指合拢来,大拇指压在上面,将四枚硬币重又攥在手心里。

接下来她举起整个拳头，心烦意乱地敲打自己的额头。然后，拳头在所敲打的额头处支撑了片刻。

突然，她站起来，去拖拽行李，她把其中一件转了一下，把最外面的转角朝里放，如此一来，大写的"PH"字母看不见了。接着她又去拖拽下面的一件行李。于是，第二个大写的"PH"字母也看不见了。

恐惧并没有因此而消失，并不只是印在她身体的一个角落，而是印满了全身。

门外传来轻轻的敲门声。她猛地一惊，惊讶程度不亚于听到一声响亮的雷鸣声。

"谁？"她倒抽了一口气，问道。

一个列车员的声音答道："再过五分钟就到考菲尔德了。"

她从座位上跳起身，跑到门边，猛然把门打开。此时，列车员已经顺着车厢过道走开了。"不，等等！这不可能……"

"绝对没错，夫人。"

"怎么这么快。我真没想到……"

他宽容地回头朝她一笑。"您去的地方就在克拉伦登与黑斯廷斯之间，这就是它的确切位置。火车已经驶过克拉伦登，考菲尔德下一站是黑斯廷斯，从我跑这条线以来，从没变过。"

她关上门，一转身整个身体抵住门，仿佛要把某种大灾难挡在门外，不让它侵入。

"想回去为时已晚，

想回去为时已晚……"

"我可以一直乘下去，可以到站不下车。"她思忖道。她跑到窗边，向窗外车前方向望去，目光跟车身呈锐角，仿佛这样一来，迎面而来的景色可以使她摆脱困境。

前面什么也没有。慢慢来。一幢房子，孤零零的一幢房子。接着又是一幢房子，依旧是孤零零的一幢房子。接着是第三幢。如今，房子开始越来越稠密。

"一直乘下去，到站不下车。他们不能把你怎么样。谁也不能。如今，只能这么办了。"

她又跑回门后，匆匆把球形门把手下面的那个插销插紧，从里面反锁。

映入眼帘的房子越来越多，但速度也越来越慢。房子不再是飞速掠过来，而是磨磨蹭蹭往前挪。列车驶过一座学校，从远处看就知道是学校。干干净净，一尘不染。校舍崭新，很现代化。整洁的水泥建筑在阳光下闪闪发光，看得出全是玻璃窗。她甚至能分辨出校舍旁的操场上有很多个小秋千在摇动。她朝旁边座位上那个蓝色小毯包瞥了一眼。那种学校就是她想要孩子上的……

她没说话，但自己的声音却在耳边大声响起："救命，快来人啊！我不知道该怎么办！"

火车轮子在慢慢停下来，仿佛润滑油用光了。或者说，仿佛一张唱片转到了尽头。

"咔－嗒，咔－嗒，

咔－－嗒，咔－－－嗒－－－嗒"

每一下转动都好像是最后一圈。

突然，一个长候车棚映入眼帘，就在车窗外，与之平行。接着看到一块悬挂在上面的白色牌子，一个字母接一个字母反向在车窗外经过。

"D-L-E-I-"

等看到F字母后，就停住了。字母一动不动了。她差点发出一声尖叫。火车停住了。

她身后传来敲门声，门振动的声波似乎要击穿她的胸腔。

"考菲尔德站到了，夫人。"

接着有人在转动球形门把手。

"要帮忙拿行李吗？"

她紧握拳头，把那十七美分硬币紧紧地攥住，指关节在此压力下都变白了。

她急忙奔到座位边，抱起了那个蓝毯子包裹，里面是她的小宝贝。

窗子对面，站着几个人。他们的头比车窗低，但她能看到他们，他们也能看到她。一个女子正盯着她看呢。

她们四目相对。她们目不转睛地紧紧盯着对方。此情此景,她无法把自己的头扭到一旁,在这个包厢里,她也无法往后退得更深。那双眼睛就如同铆钉一样把她钉在了原地,一动也不能动。

那位妇人用手指着她,高兴地欢呼起来,那是朝着一个素未谋面的人叫的。"她在这儿!我看到她了!就在这儿,就是这节车厢!"

她举起手,不停地挥动着。她朝包裹在蓝毯子里的小宝贝挥手,小家伙戴着头巾,正严肃地看着窗外。她用逗小孩的特别方式向小家伙不断地挥舞着手指。

她脸上的表情简直无法形容。就好似生命在经历一次中断、一度停歇后完全重新开始,也好似一个阴冷的冬日过后,太阳终于又露出了笑脸。

姑娘抱着婴儿,脑袋低垂,靠近小家伙的头,好似要把孩子从窗边移开,也好似她正在跟孩子交流,彼此说着悄悄话,不想让外人听到。

她确实在这么做。

"为了你,"她喘了口气,说道,"为了你。上帝啊!请宽恕我吧!"

然后,她便抱着孩子走到门后,拉开插销,把那个一直在焦急等待、略显疲惫的列车员放了进来。

"欢迎回家"

有时候,人生会出现一道分界线。它鲜明而实在,好似用画笔一挥而就的一道乌黑的线,也好似用粉笔着力画出的一道雪白的线。有时候就如此,但不经常。

对她来说,她的人生就是如此。那道分界线就画在车厢那几码长的过道上,就在车厢包厢的窗子和车厢的阶梯之间。她正沿着这条线走,一会儿,她就会走出站在候车线外面的那些人的视线。一个姑娘从包厢车窗旁走开,而另一个姑娘则从车厢阶梯上走下去,走出一个世界,而步入另一个世界。

她已不再是刚才抱着孩子站在包厢车窗边的那个姑娘了。

帕特里斯·哈泽德从车厢阶梯上走了下来。

充满恐惧,战栗不止,脸色苍白。但来人已是帕特里斯·哈泽德。

她能觉察到周围的事物,但仅限于间接感知的。此刻,就如同看一幅画,她满眼只是几英寸外一直盯着她的那几个人,其余的一切全成了背景。身后,火车缓慢向前滑行,载着几百个活生生的乘客走了。谁都不知道,在一个空荡荡的包厢里,有一个幽灵。不,是两个幽灵,一个大的和一个很小的。

从现在开始,永远没有家,再也不会找到家了。

那双淡褐色的眼睛越来越近,和蔼可亲,眼角边堆满了笑容,眼神温文尔雅。不怒自威,值得信赖。

眼睛的主人,五十来岁,头发有点灰白。如果缓一缓的话,除了底下的头发,不会白这么多。她跟帕特里斯一般高,一样苗条,可她本不该这样,因为那显然不是追求时尚或灵巧造就的苗条。她不合身的衣服暴露出她是在最近,只是在刚刚过去的这几个月里才变得如此瘦削的。

但这些细节不过是一种背景,站在她背后同她年纪相仿的那个男人也是背景。帕特里斯眼里只有她的那张脸,还有她脸上的那双眼睛,此刻离得那么近,虽一言不发,却意味无穷。

她两手轻轻放在帕特里斯的脸颊上,一边一只,用两手捧住了她的脸。这是一种嘉奖,是一种神圣的祝福。

接下来她一言不发地吻了吻她的嘴唇,此吻概括一生,姑娘能感觉到这一点。此吻概括了一个男子的一生。它包含着养育一个男子所经历的岁月，从孩提时代，经过少年时代，一直到到长大成人。此吻包含着痛苦的失落,在一击之下便失去所有的一种失落。一时间一切希望尽失，随之而来的是数周的极大悲痛。但接下来的是对失落的补偿，所幸找到了一个女儿，同时还冒出一个更小的儿子。不，是同样的一个儿子，流着一样的血，长着一样的肉。只不过要倒回去，从头再来，这一次是在更可爱更伤感的呵护下成长，并且全新的希望正在茁壮成长。

此吻包含了所有这一切，要说的话都在里面，帕特里斯可以感受到这一切。吻她就是这个意思，一切都在此吻之中。

这绝不是火车站台上候车棚底下一个普通的吻，而是一种神圣的收养之吻。

然后她吻了小婴儿，并像对自己的亲生孩子那样微笑着。一个先前没有的吻印清晰地出现在孩子粉嘟嘟的小脸上。

那个男子走上前来，吻了吻她的前额。

"我是父亲，帕特里斯。"

他稍稍一弯腰，然后又挺直，说道："我来把你的行李拿到车上去。"在这动人的刹那间，他不自觉地露出了一丝欣喜，正如男人们在此类场合爱有的那样。

那个妇人一言不发，一直站在她面前，嘴里没吐出过一个字。或许，她看见了姑娘苍白的脸色，从姑娘的眼睛里她读出了畏缩，读出了犹豫不决。

妇人用双臂搂住了她,把她朝自己拉了拉。这一次的拥抱比上一次更温暖,但更平淡,也更随便,就像是日常问候。她将姑娘的头拉过来,在自己的肩头靠了一会儿。同时,在她的耳边第一次低声说了一句话,给她鼓励,让她心安。

"你到家了,帕特里斯。欢迎你回家来,亲爱的。"

短短的几句话,简单说出,但含意无穷,不容更改。帕特里斯·哈泽德明白,自己终于找到了人世间的一切真善美。

家庭晚餐

在家里就是如此，特别是在自己家里，在属于自己的房间里。

此刻，她穿上另一件衣服，准备下楼坐到餐桌旁。她笔直地坐在一把翼状靠背椅子里等着，身体看上去比张开的椅背略小些。她的背笔直地靠在椅背上，双腿拘谨地靠拢在一起，笔直地落在地上。她的手伸出去搁在婴儿床上。婴儿床早就给孩子买好了，当初她一进入这个房间，就发现里面早就有一个婴儿床等候在那里。如今，小宝贝就在婴儿床里。他们甚至连这一点都想到了。

他们走了，留下她独自一人待着。她需要一个人尽情享受这一切。几小时过去了，她依然在品味着这一切。沉浸于其中，呼吸着这一切，她找不到合适的字眼来形容。几个小时过去了，她依然不时地细细思量，把房间里四面墙之间的一切加以吸收理解，仍感到惊讶。甚至头顶之上的天花板，她也没有放过。头上有一个遮风挡雨，抵御严寒和孤寂的屋顶，不是租来的房子毫无特色的屋顶。对，绝不是租来的，而是家里的屋顶，它会保护自己，庇护自己，收留自己，照管自己。

她敏锐的耳朵隐约听到在楼下某处有忙碌地准备晚餐的声音。对此，她甚感宽慰。时不时地，她还听到轻轻地开关门的声音，匆忙来回走过未铺地毯的木地板的脚步声。偶尔，还听到陶器或瓷器轻微的撞击声。有一回，她甚至清晰地听到黑人管家军号似的说话声："不，还没准备好呢，哈泽德夫人，再过五分钟就好了。"

紧接着，一个声音笑着警告道："嘘，小声点，杰茜婶婶。现在屋里有个宝宝了，他可能正在睡觉呢。"这声音奇迹般地也听得十分清楚。

这时，有人上楼来了，请她去吃饭。她往椅子里缩了缩。此刻，她忽然有点害怕，有点紧张了，因为她知道如今不会再有像在火车站时的那种机会了，当时能迅速逃避四目相对。如今可是要真真正正面对面，真真正正打交道，真真正正融入到这一家人之中。如今才是真真正正的考验。

"帕特里斯，亲爱的，晚饭已备好，可随时开饭。"

在自己的家里，晚上吃的就是晚饭，而外出在公共场合或是在别人家里吃的就是正餐。听到"晚饭"一词，她的心一阵狂喜，仿佛这个微不足道的词就是个护身符。她想起自己小时候——那几年一晃而过——被叫去吃晚饭时，家里人用的就是"晚饭"一词，从来不用别的词。

她从椅子上一跃而起，跑过去开了门。"我要……我要带他一起下去吗？还是把他留在婴儿床里等我回来？"她问道，半是渴望，半是拿捏不定，"您知道，五点时我已经喂过他了。"

哈泽德老妈歪着头哄劝道："啊，今晚为什么不带他一起下去呢？这可是头一晚呐！别着急，亲爱的，慢慢来。"

过了片刻，当抱着儿子走出房间时，她停了一下，手指恋恋不舍地抚摸着房门。她摸的不是球形门把手，而是整个门板。

"替我看着这间房，"她无声地呼吸了一下，好像对这扇门说，"我很快就回。好生看着。别让任何人进来……可以吗？"

此刻，在她沿楼梯往下走的时候，她知道在未来的日子里，自己将会沿着这相同的楼梯走下去成百上千次。她会快步走下楼梯，也会沿楼梯款款而下。她会无忧无虑、兴高采烈地走下去，或许也会在恐惧中、在苦恼中走下去。但此刻，今晚，这可是第一次沿这些楼梯走下去啊。

她紧紧抱着孩子，小心翼翼地往下走，因为这段楼梯对她来说还很陌生，她还没弄清每个台阶有多高，还没有感知过它们，毕竟，她不想踩空了。

此刻，大家都站在餐厅里等着她。他们并不像站军姿那样死板地、一本正经地站着，而是很自然、轻松地站着，仿佛没注意到这种举动对她而言已经包含了些许敬意。哈泽德老妈身子前倾，开饭前碰了一下餐桌，将某个东西稍微动了一下。哈泽德老爹戴着眼镜一直在读着什么，此刻他抬头看了看灯，摘下眼镜擦了擦，放到了眼镜盒里面。房间里还有一个人，她进来时，那人的背半对着她，正从餐具架上的一个盘子里偷偷取出一点盐腌的花生米。

听到她进来，他向前扭转身，赶忙把手里的东西扔掉。他很年轻，个子很高，模样很友善。他的头发像——她的脑海中，相机快门一摁，咔嚓一声，胶片就转过去了。

"我家的小伙子！"哈泽德老妈得意地说道，"他就是那个小伙子！来，把孩子给我。当然，你知道他是谁了。"然后，她用一种似乎完全没必要具体说明他是谁的语气补充道："是比尔。"

可他是谁——？她很纳闷。直到此刻，他们什么也没有说过。

他走上前来，她不知所措。他跟自己年龄相仿。她将手稍向他伸出一些，希望自己的手势如果显得太正式的话，也不至于太引人注意。

他抓住她的手，但没有摇动它，而是用自己的双手把它压在中间，热烈地握了片刻。

"欢迎你回家来，帕特里斯。"他平静地说道。说话时，他的眼睛直视着她，目光很坚定，使她想到之前从未有人跟她说话如此诚挚,如此简捷,如此诚实。

这就算是打过招呼了。哈泽德老妈说:"从现在起,你就坐在这里吧。"

哈泽德老爹很随和地说道,"我们都很高兴,帕特里斯。"说着,他在餐桌的上首坐下。

管他这个比尔是谁,总之,他坐在了在她的对面。

黑人管家从门外往里偷看了一眼,满脸堆笑地说:"这才对啊!餐桌一直该这么坐。这样正好补上了那个空位……"

话音未落,她赶紧制止了自己,像闯了大祸似的用手捂住了自己的嘴巴,转眼就不见了。

哈泽德老妈低下头,扫了一眼自己的盘子,又马上抬头看,面带微笑。痛苦一闪而过,当着帕特里斯的面,她不让痛苦常驻。

他们谁也没说什么令人难忘的话,在家里的餐桌上不用说什么令人难忘的话。用心,而不是用脑子,同周围的人交心。过了片刻,她就忘了要注意自己在说些什么,忘了去拿捏分寸。这就是家,家就应该是这个样子。话很随意地说出来,其他人也一样。她知道他们是在努力迎合她。他们很成功。陌生感早就跟汤一同饮下,一去不复返了,什么也不能让它再回来了。别的情况——她希望别发生。让她不再有陌生感,不再有不熟悉带来的不安。他们没有白费力。

"帕特里斯,我希望你不介意这件衣服上的白领。我有意确保挑出的每一件衣服上有一抹颜色。我不想让你太……"

"哦，有些衣服真非常可爱。刚才打开时，我发觉其中有一半自己从来都没见过。"

"我唯一担心的是这些衣服的尺寸，不过你的那位护士给我送来了完整的……"

"现在，我想起来了，有一天，她用卷尺为我量体，但她并没告诉我这是为了……"

"帕特里斯，你喜欢哪种颜色？淡色的还是深色的？"

"颜色真的不……"

"不，亲爱的，这次还是告诉他吧。这样，他以后就不会再问你了。"

"那好吧，我想是深色的。"

"咱俩一样。"

他比在场的其他三人说的话稍微少些。她感到他还有一点腼腆。他倒不是紧张或嘴拙，也不是别的什么原因。或许他就是那个样子。看得出，他很文静，不好出风头。

问题是，他究竟是谁呢？此刻，她不能唐突地直接问。刚见面那一刻忘了问，现在再问就太迟了，已过去二十分钟了。没有介绍他的姓，那么他一定是——

"我很快就会知道的，"她消除了自己的疑虑，"我一定会知道的。"于是，她不再害怕了。

有一回，当向他望去时，她发现他一直在看着自己，寻思他看着自己的时候究竟在想什么。虽然，她还没承认自己知道，她本想自欺欺人地认为人家不喜欢自己，然而，从他流连忘返的眼神判断，他一直认为她的脸赏心悦目，他喜欢这张脸。

过了一小会儿，他说："爸，把面包递给我，可以吗？"

于是，她知道他是谁了。

洗礼仪式

四月一个阳光明媚的星期天上午,在圣·巴托罗缪的新教圣公会教堂,考菲尔德所有教堂中最大的教堂。

她站在洗礼盆边,抱着孩子,直系亲属和家族的亲朋好友都站在她的旁边。

他们都坚持要为孩子进行洗礼,但她不想要这个仪式。仪式安排在星期天,一切都安排停当之后,她接连把洗礼仪式推迟了两次。第一次,她借口自己得了感冒,而实际上她并没有得。第二次,则借口孩子得了轻微的感冒,实际上孩子确实得了。今天,她再也不能把洗礼仪式推迟了,否则他们迟早会看出她种种借口之下的真正用意。

她一直低着头,整个过程一直在听而不是在看洗礼仪式,她仿佛害怕直面这种仪式,害怕由于自己亵渎神明而随时被击倒在他们脚下。

她头戴一顶半透明的宽檐马尾帽,这可帮了她的大忙。她把帽子往下一拉,就掩住了眼睛和上半部脸。

也许洗礼仪式使他们想起了令人伤心的往事,他们全都极度悲伤。

事实上,她自感罪孽深重。自己胆大妄为,歪曲事实,公然冒名顶替,如被发现,会激起民愤。她还没有达到厚颜无耻的程度,所以不敢正视。

一双手臂伸向她,要抱走她的孩子,那是教母的手臂,她把孩子递给了她。孩子拖曳着网眼长礼袍。这件礼袍,一个名叫休·哈泽德的陌生人——她几乎称之为"他的父亲"——之前曾穿过,在休·哈泽德之前,其父唐纳德也曾穿过。

孩子被抱走后,好生奇怪,她感觉两臂空落落的。她想交叉双臂抱在胸前,以保护自己,仿佛自己一丝不挂。她努力强迫自己不要这样做。在此场合,她感觉自己赤裸的不是形体,而是良知。于是,她默默地垂下双臂,两手扣紧在身前,眼睛朝下看。

"休·唐纳德·哈泽德,我给你施洗礼……"

关于这套仪式,他们曾经问过她有什么偏好。对她而言,这不是仪式，而是一种拙劣的模仿。对他们而言，当然是郑重的仪式。她想让他叫休，理所当然？是的，她已经认真地这么讲过了，按休的名字起名。那么中间的名字呢？是按自己的父亲的名字吗？要不就取两个中间的名字，祖父和外公各一个？（当时，她实际上一点也想不起自己的父亲叫什么名字了。过了一段时间，她费了好大劲儿才想起了他的名字，迈克。模糊印象中，他是一名码头装卸工人，因酒醉后斗殴，死在旧金山湾堤岸，当时她才十岁。）

有一个中间名字就行了。按休的父亲的名字起名，她已经很认真地讲过了。

此刻，她能感觉到自己的脸在发烧，知道自己的脸一定因羞愧而发红，好在他们一定看不到自己的脸。她一直低着头。

"……以圣父、圣子和圣灵的名义。阿门。"

牧师往孩子的头上撒了点水。她看到有一两滴水径直滴落在地上，摔成几个圆点，在模糊之中呈硬币状，貌似一枚十美分的硬币，一枚五美分的硬币，两个一美分的硬币。十七美分钱。

婴儿开始抗议，啼哭起来。在他之前，自远古以来，已有无数的婴儿如此哭过。这个在纽约一个配有家具的出租房间里孕育的孩子，已经成为考菲尔德一带，整个县甚至可能是整个州之中最富有家庭的一名合法继承人。

"你没什么好哭的。"她忧郁地想道。

威尼斯船夫曲

家人准备了一个蛋糕来庆祝他的第一个生日,一根蜡烛傲然立在蛋糕中央,火焰如同一只黄色蝴蝶在一根饰有凹槽纹的白柱顶上盘旋。生日会沿用古老的仪式,热闹非常,毕竟他是家里第一个孙子,第一次生日就如同第一个里程碑。

"可是,他不能许愿的话,"她欢快地问道,"我为他许愿行吗?那样算不算数?"

生日蛋糕的制作者,杰茜婶婶,本能地遵从这一类事情的所有传说。她在厨房门口如教皇般地点了点头,向她保证:"宝贝,你就代他许愿吧,都是一样的。"

帕特里斯垂下双眼，神情肃穆地想了一会儿。

"愿你一生平平安安，就像现在这样。愿你总是要雨得雨，要风得风，就像现在这样。至于我……希望有朝一日，能得到你的……宽恕。"

"你代他许好愿了吗？现在吹蜡烛吧。"

"他吹还是我吹？"

"你吹就跟他吹一样。"

她俯下身子，用自己的脸颊贴紧孩子的脸，轻轻吹了口气。那只黄色蝴蝶忽地闪了一下，不见了。

"现在切蛋糕吧。"自封的女司仪下达了指示。

她把住他肉嘟嘟的小手，握紧了刀把，小心地引导他切下去，蛋糕上出现一个神秘的切口。她用手指在蛋糕的糖衣上轻轻抹了一下，然后凑到孩子的嘴唇上。

随即，一片热烈的欢呼声和赞扬声响起，仿佛刚才他们全都亲眼目睹了一个神童创造的奇迹。

来宾很多，自从她来到这个家以后，这个宅子里还是第一次聚集这么多人。这位小贵宾被抱离现场，送到楼上去睡觉之后，来宾的兴致有增无减，尽兴庆贺了许久。就这样，稍微一鼓动，大人们反而成了孩子生日派对的主角。

她随后重又下楼，来到灯火通明、人声鼎沸的房间，她在来宾间穿梭，微笑着与他们聊天，记忆中自己从来没有像今晚这样快活过。她一只手擎一杯潘趣酒，另一只手里拿着一块三明治，只在上面咬了一口，看来却无法再咬第二口。每次她刚把三明治放到嘴边，就有人跟她说话，要不就是她跟别人说话。在她看来，没关系，这样反倒更有乐趣。

比尔从她身旁经过，碰了她一下，咧嘴笑问："当老妈的感觉如何？"

"当老叔的感觉如何？"她扭头俏皮地反问了一句。

一年前于她似乎已是很久以前了。一年前的今晚，一切是那么恐怖，那么黑暗，那么可怕。她并没有碰到过那种事，她不可能碰到那种事，一切都发生在一个叫做……的姑娘身上，不，她不想去记起那个名字，甚至根本就不愿让它在自己脑海中一闪而过。那个名字同她已经没有半点关系。

"杰茜婶婶在上面看着他。没事，他很好，是个乖孩子，就要睡着了。"

"你果真是一位超然的看护者哟。"

"不错，此刻我不跟孩子在一起，因此我有资格这么说。他一直待在楼上，而我在楼下。"

此时此刻，她在自己家灯火通明的客厅里，同自己的朋友们，家人的朋友们在一起。大家都围在她身旁，谈笑风生。一年前，那是很久之前了。那事从来没发生过。对，从来没发生过。总之，没有在她身上发生过。

有太多的介绍，她都记不清了。在这样的场合，有太多的第一次。她环顾四周，费劲地把那些关键人物在来宾中概括出来，这才跟她作为助理女主人的身份相符。埃德娜·哈丁和玛里琳·布赖恩特，这两个姑娘分别坐在比尔的两边，正在竞相吸引他的注意力。她本想恶作剧地咧嘴笑，但忍住了。瞧，他神情严肃，俨然一根图腾柱。什么情况？如果他不是碰巧有一个在姑娘面前转不动的头的话，他也该把头转过去了，就她所能观察到的情况来说。那边的盖伊·恩尼斯是一个黑发年轻人，他正在为别人要一杯潘趣酒。他容易被人记住，因为他独自一个人来的。很显然，他是比尔的一位老友。真滑稽，蜜蜂们竟然没有围着他嗡嗡叫，这跟反应迟钝的比尔正好截然相反，他才更像那种招蜂引蝶的人。

那边的姑娘格雷斯·亨森，身体略胖，披一头淡黄色的头发，正等着那杯潘趣酒。要不就是她？不，她没那么胖，但头发也是淡黄色的，此刻她正坐在钢琴旁，自娱自乐地轻轻弹奏着钢琴，身边没人。一个戴眼镜，另一个不戴眼镜。她俩一定是姐妹，长得太像了。她俩都是第一次到这个宅子来。

她缓步走到钢琴边，站在她身旁。就帕特里斯所知，也许她实际上就喜欢自得其乐，但她至少需要有个人来欣赏。

弹琴的姑娘朝她笑笑："见笑了。"她弹琴很有造诣，钢琴声服服帖帖地从她的手指下流出，就好像为整个房间里的谈话声配上了背景音乐。

突然，附近所有的人都不说话了，而钢琴继续弹出一两个音符，声音比先前听起来要清晰得多。

另一个淡黄色头发的姑娘离开她的同伴，走到演奏者背后，在她的肩上按了一下，似乎作出了一种内行人才能看懂的告诫或是提醒。就按了一下而已，然后她又回到刚才坐的地方。整个过程中如同一部小哑剧，没有一句话，动作敏捷，几乎没人注意。

演奏者犹犹豫豫地中断了弹奏。很明显她知道那不是简单的一按，但并不明白是什么意思。她朝帕特里斯稍带困惑地耸了耸肩就说明了一切。

"哦，弹完这支曲子吧，"帕特里斯显然没听够，脱口说道，"真好听，这是什么曲子？我想我从来没听过。"

"是《霍夫曼的故事》中的'威尼斯船夫曲'。"另一个姑娘谦逊地回答道。

这回答本身就很令人扫兴。站在演奏者身旁，她立即意识到周围凝固般的沉默，而且她知道那并不是那句答语使然，一定是刚才有人说了什么。她发现时，这事已经过去了，但那种意识还在——留在她的心里。刚才一定是发生了什么。

我说错了什么。我刚才说错了什么。但我不知道是怎么回事，我也不知道该怎么办。

她把潘趣酒凑向自己的唇边，此刻无法再有别的举动了。

我说的话，只有我身边的人才能听到。钢琴声搁浅了我的说话声，使它听起来更惹人注意。但在这间房里有谁听到了？有谁注意到了？或许从他们的神情上可以看出来。

她慢慢转过身子，挨个扫视每个人，貌似很随意。哈泽德老妈正坐在房间的远端很投入地跟别人聊天，目光抬起看着某人。她没有听到。披着淡黄色头发，作出告诫性一按的那个姑娘背对着她。她可能听到了，也可能没听到。即便她听到了，也不会留下什么印象，她并没有留意她。盖伊·恩尼斯正在用打火机点燃一支香烟。第一下他没打着，不得不再打一下，他的注意力全都集中在这件事上。当她的目光扫过他的脸时，他根本没抬起头来看她。一目了然，比尔身边的那两个姑娘也没听到。她俩完全是心无旁骛，注意力全在她们中间的比尔身上。

没有人在看她。没有一个人跟她四目相对。

只有比尔在看她。只见他的头微微低垂，前额愤怒地皱了起来，目光从两道眉毛底下看着她，眼神怪怪的，让人琢磨不透。身旁两个姑娘说的话似乎都成了耳旁风。她吃不准他的思绪是在自己的身上，还是飞到了千里之外，但至少他的眼睛在看着她。

她垂下了眼睛。

即使垂下眼睛之后，她也知道他的眼神依然在盯着她。

无心之过

所有的来宾全都走了以后,哈泽德老妈和她一起上楼去,突然她用一只手臂紧紧搂住了她的腰,仿佛要保护她。

"你在那件事上表现得很勇敢,"她说,"你做得对,假装不知道她在弹奏什么曲子。哦,不过,亲爱的,当我看到你站到那里的时候,我的心有一刻全都在你的身上。我注意到你脸上的那种神情,当时真想奔到你的身边,搂住你。不过我提示自己不要冲动,就装做什么也没看到。她弹奏那支曲子没别的意思,她只是个考虑不周的小傻瓜。"

帕特里斯在她身边缓步上楼,一言不发。

"可一听到那支曲子的前几个音符,"哈泽德老妈悲伤地继续说道,"就觉得他仿佛又来到了这个房间,跟我们大伙在一起。他来了,你几乎能看见他就在眼前。《威尼斯船夫曲》是他最喜爱的歌曲。除了弹这支曲子之外,他从不在钢琴前坐下。无论何时何地,只要听到弹起这支曲子,你就知道休准在附近。"

"《威尼斯船夫曲》。"帕特里斯喃喃道。声音很低,几乎听不见,仿佛是在自言自语:"他最喜爱的歌曲。"

危险的问题

"……现在不一样了,"哈泽德老妈沉思着说道,显然很舒坦,"你知道,我去过那里一次,那时我还没结婚。哦,是在很多年以前。请问,从那时以来那里有很大改变吗?"

突然,她直视着帕特里斯,神情毫无恶意,专注地等待答复。

"叫她怎么回答呢,孩子他妈?"哈泽德老爹冷不丁插话说,"你在那里的时候她又不在,她怎么可能知道当时那地方是什么样子?"

"哦,你知道我是什么意思,"哈泽德老妈宽容地反驳道,"别这么求全责备。"

"我想是变化很大。"帕特里斯无力地答道,同时把杯子把手转向自己,离她稍微远一点,仿佛想端起杯子,但接下来却根本没有举起它。

"你跟休是在那里结婚的,对不对,亲爱的?"哈泽德老妈很散漫地又问了一句。

哈泽德老爹又一次赶在她回答前插话进来,这回他用一种毁灭性的口气反驳道:"我想,他们是在伦敦结婚的。你难道不记得他当时寄给我们的那封信了吗?至今我还记得,写的是:'昨日在此结婚。'信头是伦敦。"

"是巴黎,"哈泽德老妈坚定地说,"对不对,亲爱的?那封信还在楼上呢,我可以把它取来给你看。上面盖的可是巴黎的邮戳。"接着,她很武断地把头朝他一扬。"总之,这个问题帕特里斯自己能回答。"

突然,她感觉脚旁裂开一条令人厌恶的裂隙,张开大嘴对着她。片刻之前,她还是脚踏实地,安然无虞,而此刻她却无法回转身,但也不知道该如何跨过去。

她能够感觉到三双眼睛都对准了自己。此刻,比尔也抬眼看着她,满怀信任,希望她很快就作出否定的回答,换个话题。

"伦敦,"她轻轻答道,摸了一下杯把,似乎想从中获得某种神秘的洞察力,"但随后我们就立即离开伦敦去巴黎度蜜月。我想,事情是这样的,他在伦敦动笔写信,没来得及写完,于是在到了巴黎写完之后才把信寄出。"

"你瞧,"哈泽德老妈不无得意地说,"总之,我也有对的地方。"

"瞧,女人不就是这个样子吗。"哈泽德老爹惊讶地对儿子说。

比尔一直在看着帕特里斯。他的眼神中有一种几乎近似不情愿的钦佩之情,抑或那是她的想象?

"对不起,"她一把推开椅子,用近乎窒息似的声音说道,"我想我听到孩子在哭了。"

露出破绽

几周之后,意想不到的危险又一次出现。或者说是同样的一次危险,始终存在,一直潜伏在她自己选择的脚下道路上。

一直在下雨,越下越大,雾蒙蒙的,这种天气在考菲尔德很少见。一家人都在房间里陪着她,她走到窗前,停下来朝外面望了片刻。

"天哪,"她一不小心惊叹道,"自从我在旧金山度过孩提时代以来,还从未见过这种迷蒙的景色。那里经常下雾。"

在窗格玻璃的反光里,她看到哈泽德老妈抬起了头,于是,还没等回转身面对他们,她就知道自己又说错话了。在全无依靠的地方，她又一次不小心踩错了地方。

"在旧金山，亲爱的？"哈泽德老妈的声音毫不矫揉造作，听起来她很困惑，"可我还原以为你长大于……休写信告诉我们说你的老家是在……"她没有把话说完，继续保留着线索，这回她没有说出有助于作出第二种选择的话来。相反，接下来她不动声色地问道："那里就是你的出生地吗，亲爱的？"

"不。"帕特里斯答得清楚明白，而且她知道接下来必然是什么问题，一个她不可能当时就能回答的问题。

比尔突然抬起头，神色诧异地把头转向楼梯。"我想我有听到小家伙在哭呢，帕特里斯。"

"我得上楼上去瞧瞧。"说着，她离开了房间，内心对比尔感激不尽。

当她走到孩子身边时，发现他正睡得正酣。孩子并没有哭，不可能有人会听到什么哭声。她站在他身边，脸上露出关切的神色，心想一定要仔细而彻底地检查一下。

刚才，他真的认为自己有听到小孩在哭吗？

意外的测试

后来有一天,她缓缓漫步在议会大街,那是一条主要的零售商业街,她沿街浏览商店橱窗,干转不花钱。她东瞧瞧西看看,并不想买,也不需要买。她只想在这种自由自在的环境中放松一下,享受一下在洒满阳光的人行道上与穿着入时的购物者们摩肩接踵的感觉。在上午时分,逛街的大多数是女人。她喜欢这种热热闹闹、装扮整洁的活跃景象,享受这种无忧无虑的时光。于她,这是短暂的缓解时分(她到商业区,是为哈泽德老妈办一件事,答应为她取一样东西);更主要的是她知道,这个理由可以让她大大方方地外出逛街,而不会让人觉得她玩忽职守,有意逃避看孩子。孩子一切安好，在她外出时，有人会认真照看他的。更何况，她也很喜欢短暂分离后再回到孩子身边的那种感觉。

很简单，就是在前面下一站乘上公交车，而不是在身后离自己更近的一站上车，只不过是溜达一下而已。

就在这时，身后有人在叫她的名字。听到第一个字，她就知道是谁在叫她。是兴高采烈、性情开朗的比尔。她满脸堆笑，转过头去。

步幅很大，充满活力，只两步，他就来到了她身旁。

"你好，我想我认出了你。"

他们面对面地停了一会儿。

"你不上班，跑到外面来干什么？"

"我刚要回去。去看一个人。你呢？"

"我是来为妈妈取回她在布鲁姆的店里订购的从英国进口的纱线。不劳烦人家寄出，我要赶到那里直接帮她取回去。"

"我和你一起走，"他主动提出，"这可真是个随意闲逛的好借口。总之，我可以陪你走到下一个拐角。"

"那里正是我要上车的地方。"她说。

他们转身继续朝前走去，但像蜗牛般，慢吞吞地。她依然保持着之前一个人漫步时的那种速度。

他皱了皱鼻子，眯起眼朝天上看了看，貌似很满意。"隔一段时间到外面的阳光下散散步，感觉真棒。"

"可怜的受虐人。每次你在工作时间需要离开办公室外出办事，给我一分钱,我就乐意代你去。"

他毫不掩饰地咯咯笑出声来。"如果爹要派我出去的话,我能有什么法子呢?当然,每当他环顾四周想找个人为他跑腿时,我碰巧总在他跟前。"

他们一同停了下来。

"那些东西真好看。"她夸赞道。

"是好看,"他附和着,"不过那是什么?"

"你当然清楚那是帽子。别自以为了不起!"

他们又朝前走去,接着又停下了。

"这就是所谓的干转不花钱吧?"

"对,说的没错,就好像你不知道似的。"

"可真逗。你什么也没买,可你看到了许多东西。"

"如今,说不定你也喜欢干转不花钱了吧,因为很有新奇感。等到你结了婚,这样做过多次,那时你就不会喜欢了。"

下一个橱窗摆放的是自来水笔,那是一个狭小的玻璃陈列柜,不超过两三码宽。

这回,她没提出要停下来看看,是他提出来的。于是,她跟他一起停了下来。

"等一下。我想起来了,我需要一支新自来水笔。你愿意跟我一起进去一会儿,帮我挑一支吗?"

"我该回去了。"她敷衍道。

"只要一会儿。我买东西很快。"

"可是我不大懂自来水笔。"她抗辩道。

"我也不在行。就是这么回事。两人智慧胜一人。"这时他已轻轻挽起她的手臂,想拉她进去,"嗨,来吧。我是那种只要自己一个人,谁都能卖我东西的人。"

"我不信。你只是想找个人陪伴罢了。"她笑道,然而还是随他一起进去了。

他让她坐在一把面对柜台的椅子上。一个盛有多支自来水笔的盒子被拿出来,打开了。他跟售货员逐个探讨,而她却不积极参与谈话。几支笔脱掉笔帽,在手边柜台上的一个墨水瓶里灌满墨水,并在一本便笺本上逐支试写,便笺本也是为了试笔而放在手边的。

她一直在看,尽力装出一副感兴趣的模样,而实际上她不是真感兴趣。

突然,他对她说:"你觉得这支笔写起来怎么样?"说着,他把一支笔塞到她指间,并把那摞纸放到她手下,这时,她才明白是怎么回事。

一不小心,她的心思都落在了手中这支笔的粗细和分量上,注意力自然也就集中于笔尖画出的线条是粗还是细了,于是,就在便笺本上写起来。突然,下笔处"Helen"一词赫然现于纸张上端,简直就像这支笔自动写出来似的。或者说,这个词本身就充满了灵性。她赶紧及时自省,没接着写出第二个名字。可就在她猛然停笔时,第一个大写字母"G"的起始笔画已经跃然纸上了。

"好了。让我自己也来试试吧。"他毫无征兆地一下子就把自来水笔和便笺本从她手中夺了回去,结果她根本来不及把写在纸上的字抹去或改掉。

他究竟看没看见,她不得而知。他没有任何反应。然而刚才自己写的字就在他鼻子底下,他一定是看到了,他怎么可能会视而不见呢?

他信手涂了一两笔,便停住了。

"这支不行,"他对售货员说,"让我瞧瞧那一支。"

在他把手伸到盒子里去拿另一支笔时,她敏捷地把便笺本最上面那页写有害人不浅的"Helen"字样的纸撕了下来,偷偷把它团在手心里揉成一团,扔到了地上。

如此这般之后,她又后悔自己的举动,意识到或许这样会更糟,还不如就让自己写出的字留在纸上的好。因为他肯定已经看见了,而如今她的这一举动只是更加强调了一个事实:她不想让他看到自己写出的字。换句话说,她这样做完全是欲盖弥彰,弄巧成拙。先是犯了错,然后又极力想把它抹去。

与此同时,他对买笔的兴致荡然无存了。他看了看售货员,正欲开口,这时她几乎一下就能猜出他想说什么——就好像他已经说出来了——因为他的表情已经说明一切。"没关系。改天我再来。"但接下来,他没有看她,仿佛想起有必要让自己的说辞貌似可信,他赶忙几乎是冷淡地说:"好吧,嗯,就这支吧。请随后把它送到我的办公室里来。"

他几乎看都没看那支笔一眼。看来买哪支自来水笔对他来说根本无关紧要。

在经历了这么一番大惊小怪之后,她想起来了,陪他进来就是为了要帮他挑选一支自来水笔。

"我们走吗?"他问道。有点儿言不尽意。

两人分手时气氛有些紧张。她不知道是因为他还是因为自己,或者说那根本就是她的想象。不过她觉得分手时的氛围不像几分钟前相遇时让人感觉轻松愉快,自由自在。

他没有感谢她帮自己挑选一支自来水笔,对此她感到谢天谢地。他的眼睛突然心不在焉地向远方望去,而在此前,每一回交谈,他的眼睛一直看着她。如今,他的眼睛不是往上看,直视一幢大楼的顶端,就是往大街远处看,到处看,就是不再看自己。甚至在说"你的车来了",送她上车,站着为她付了车费的整个过程中都没有再看她一眼。"再见。平安回家。晚上见。"他向上推了推帽子,接着,还不等把手放下,就转身去办自己的事了,仿佛已经把她忘了。然而,不知何故,她知道这种转变才是对的。他比以往更觉察了她,至少他表现得如此。总之,他们两人之间有了距离。

她低头看着自己的膝盖。这时,公交车载着她稳稳地顺着行人拥挤的人行道一路向前开去。真滑稽,景象竟会改变得如此之快!

同样的景象，洒满阳光的人行道和熙熙攘攘的购物者们，已毫无意义了。

假如这是一场有预谋的测试，一个陷阱——但不是，不可能是这样。至少对这一点，她还能吃得准，尽管如此也不能令她满意。他不可能事先就知道正好会在那里碰到她，他们只是一起像以往那么走走，直到走到那个卖自来水笔的商场。今天早上他离开家的时候，她甚至还不知道自己要去市中心呢，那是以后才决定的事情。因此他也不可能事先等在那里搭讪她。至少那都是自然发生的事，纯属偶然。

但是，或许就在他们一起漫步时，他一抬头，看见了那家商店的招牌，于是临时起意，产生了测试她的想法。据普遍的说法，当人们在试新笔的时候，总是会不可避免地随手写出自己的真实姓名，大脑几乎会强制试笔人这样做。当时他一定是意识到了这一点，就跟她现在意识到的一样。

然而，即使这种非蓄意而临时起意的当场测试，一定有某种对她的怀疑早就隐隐约约潜伏在他的意识之中，否则，这件事本身不会让他多想的。

真是个小傻瓜！当她拉着头顶上的那个拉手，准备下车时，这样痛骂着自己。为什么你在跟他一起进商店前，竟然就没想到这一点呢？事后诸葛亮有什么用呢？

一两天以后的一个晚上，他脱下的外衣搭在一把椅子上，而他此刻却不在房间里。她一时需要一支铅笔写点东西,那是她编好的借口。她搜查了他的口袋,发现自来水笔就插在口袋里,便把它抽了出来。这是支金笔,上面刻着他姓名的大写首字母,这是一种很贵重,可长期使用的金笔,很可能是父亲或母亲把它作为生日礼物或是圣诞节礼物而送给他的。此外,这支笔书写相当流利,可以说再流利不过了,用它来写字,字迹清晰、力透纸背、富有韵味。而且,他也不是那种同时要在上衣口袋里别两支自来水笔到处招摇的男人。

没错,那天就是对她的一场测试。而她已经作出了正面回应,那正是他早就希望得到的正面回应。

遗嘱继承人

她早就听到门铃响,并且还隐约听到楼下大厅里彼此的问候声,她知道一定是有客来访,并且客人一定还在楼下。她没有再去多想这事。此刻,她已经让休坐在他的便携式小澡盆里。小孩洗澡时,大人得一直关注,不能分心。她给他擦干身子,抹上爽身粉,穿上衣服,然后把他放在床上准备睡觉。她假装陪他一起多躺一会儿,准备瞅准时机,缓缓地从他攥紧的小拳头里取出他刚才洗澡时玩耍的赛璐珞小鸭。这一套流程下来,差不多一小时就过去了。她确信那位来宾,不管他是谁,这时一定早就走了。她有把握断定,来人一定是位男宾。任何一位年纪在六十至六十五岁之间的女宾通常都会被对孙子宠爱有加的哈泽德老妈主动带上楼,观看她的孙子洗澡时的欢乐情景。事实上,这是几周以来她本人第一次没在孩子洗澡时亲临现场,哪怕只是拿着毛巾,咿咿呀呀地同澡盆里的小人儿说一通难懂的话。以往,每次孩子洗澡,老太太通常都在现场。对此,孩子的妈妈从无怨言。只有重要的事才会使她离开。

她终于走出房间,开始下楼,这时她才觉得楼下的人异常安静。只听到一个低沉单调的声音,仿佛有人正在读着什么,听不到其他人的任何声音。

过了片刻,她才发觉大家都在书房里,这个房间晚上通常很少有人去。即使有人去的话,也不会是所有人同时都出现在那里。她曾经有两次看见他们在里面,第一次是她走下楼梯时,接着是在她原路返回,在书房外面的大厅中,经过楼梯底下时,她得以在更近的位置,从开着的门口望进去瞥见了他们。

他们三人都在书房里面,另外还有一个男人也在,不过她不认识,尽管她意识到自己以前至少见过这个人一两次,可她还是不认识他,就像她曾见过很多来宾却不认识他们一样。那个人坐在桌旁,那盏阅读用的台灯亮着,他在用单调的节奏大声地读着什么。他读的不是书,更像是一份打印出来的报告。每隔片刻,伴随着一阵清脆的簌簌声,一页纸翻过去,他又开始读下一页。

其他人都不说话。每人坐的距离不同,注意力也不尽相同。

哈泽德老爹靠近桌边，挨着那位独白者，专心致志地听着他读的每一个字，还不时和蔼地点点头。哈泽德老妈坐在一把安乐椅里，大腿上方放着一个篮子，在做着针线活，只是偶尔才抬头看一下，以示自己在听。奇怪的是，比尔也在，他坐得离众人远远的，一条腿搭在他坐的那把椅子的扶手上，脑袋后仰，嘴里叼着一根烟斗，高高指向天花板，一点不像是在认真倾听。他的目光茫然若失，仿佛心思早已神游他处，尽管他的身体忠诚地服服帖帖地留在房间里。

她想悄悄经过那里而不被人看见，可偏偏哈泽德老妈在不该抬头的时间抬起了头，从没关上的门缝中看见了她闪过的身影。"她在那儿。"她说。接着，里面传来叫她的声音，帕特里斯只得停住脚。"帕特里斯，亲爱的，请进来一下。我们想让你也听一下。"

她只得回转身向房里走去，喉咙突然紧缩了。

单调的声音中断了，等候着。那人是一位私人侦探？不，不，这不可能。她曾在一种友好的氛围中，在这幢房子里见过他，对此她有把握。可零落在他面前的那许多卷宗……

"帕特里斯，你认识泰·温斯罗普吧。"

"是的，我知道我们以前见过。"说着，她走上前去，同他握手。她小心翼翼地让自己的目光从桌子移开，做到这一点可真不容易。

"泰伊是你父亲的律师。"哈泽德老妈信口说道，仿佛的确再也不用对一位老朋友作过多介绍，这样的场合，这一简短介绍就行了。

"也是一位打高尔夫球的对手。"桌边的男人补充道。

"对手？"哈泽德老爹不以为然地反问,"就凭你的球技,我才不把它称为竞赛呢。所谓对手,其水平必定是跟自己相差无几才行。我倒觉得跟你打球叫做安慰赛更为恰当。"

比尔的头和烟斗重又回到水平方向。"把一只手绑在身后跟他打,试试,爸？"他怂恿道。

"是啊,绑起我的一只手,"律师反应很快,悄悄向做儿子的眨了眨眼睛,"尤其是在上个星期天。"

"好了,你们仨！"哈泽德老妈笑容满面地指责道:"我还有很多事要做。帕特里斯也是。我可不能整夜坐在这儿听你们斗嘴。"

他们重又变得严肃起来。比尔已经站起身,拉过一把椅子,为她放在桌边。"请坐,帕特里斯,我们一起听听,"他发出了邀请。

"是的,我们想让你来听听这个,帕特里斯,"看到她面带犹豫,哈泽德老爹也敦促道,"这事跟你有关。"

她的手不由自主地老想往喉咙那里放。她凭着意志力才把手放了下来。她坐了下来,稍稍有点不安。

律师清了清嗓子。"好了,我想这个文件基本上就是这样,唐纳德。余下的部分就跟前面的一样。"

哈泽德老爹把自己的椅子拖得更近些。"好的。我现在可以签字了吗？"

哈泽德老妈手中的针线活做好了,她用牙咬断了一根线,收好了放回篮子里,准备起身离开。"亲爱的,你最好还是先跟帕特里斯说清楚是怎么一档子事儿。难道你不想让她知道吗?"

"我替你告诉她吧,"温斯罗普提议道,"我可以三言两语就说明白,不像你那么啰唆。"他转向她,目光从他眼镜上方友好地注视着她。"唐纳德要修改他的遗嘱条文,想加进一个附录。你看,原先的遗嘱是在格雷斯之后,剩余遗产由比尔和休平分。现在我们修改成剩余遗产的四分之一归比尔,其余的则归你。"

她能感觉到自己的脸开始发烧,就好像有一道火热的深红色的光正集中照射在那里,那道光他们全都看得见。她想一把推开桌子,从这里逃走,但她似乎被困在椅子里,动弹不得,这感觉真是痛苦难忍。

她尽力想使自己平静下来,两次舔湿了嘴唇,压低了声音说:"我不愿你们那么做。我不愿自己也在遗嘱的继承人之列。"

"别这么想,"比尔亲切地笑着说,"你没有工作。我却有爹爹的生意……"

"那是比尔自己的建议。"哈泽德老妈把话跟她挑明了。

"在两个孩子各自年满二十一岁那一天,我分别给他们一大笔现金,让他们开始做……"

这时,她站起来,依次面对每一个人,几乎是一副惊慌失措的模样。"不,求你们了!决不要把我的名字写上去!我不愿让我的名字写上去！"她别无选择，只能把两手交叉握得紧紧的，朝着哈泽德老爹，"爹爹！你就不能听我说一句吗？"

"那都是为了休，亲爱的，"哈泽德老妈在一旁机敏地提醒老爷子，"难道你不明白吗？"

"嗯，我知道。我们都为休感到悲伤，但她总得生活下去。她有一个孩子需要照顾，这些事不该因为感情因素而拖延，在适当的时候必须对他们加以照顾。"

她转身飞快地从房间里跑了出去。他们没想再去追她。

她在身后关上房门，急急地在屋里来回走了两三次，两条胳膊紧紧抱住自己的头。"骗子！"她的嘴像被蒙住似的，"小偷！这就像有人从窗户里爬进来又……"

大约半小时以后，有人轻轻敲门。她走过去，把门打开，发现比尔正站在门外。

"你好。"他说，有点腼腆。

"你好。"她说，同样腼腆。

仿佛他们不是在半小时前刚刚见过，而是已经有两三天没见过面一样。

"他在遗嘱上签了字，"他说，"是在你走了以后。温斯罗普把遗嘱带走了。他见证了全过程，就是这样。不管你愿不愿意，这事就这么定了。"

她没回应。刚才自己在楼下的那场争斗中已然落败，现在只不过是最后的通报而已。

他看着她,眼神令她琢磨不透。眼神之中貌似既有精明的评价,也有对她的全然不理解,同时又闪现一丝赞美之情。

"你知道,"他说,"我不知道你为什么有那样的表现,并且我不同意你的意见。我认为你那样做是不对的。"他以信任的语气稍稍放低了说话声音:"但不管怎么说,我很高兴你对这事的表现。你那样表现倒是让我更喜欢你了。"他突然向她伸出手:"想握握手道声晚安吗?"

萌发的爱意

她一个人待在房子里。也就是说,就她自己,除了休,他正在楼上婴儿床里。还有杰茜婶婶一直在屋后她自己的房间里。他们都去拜访老朋友迈克尔森一家人了。

隔一段时间能一个人在家,感觉真棒。也不要太经常,不要一直那样,那样会使人陷入孤独之中。她已经知道孤独的感觉,实在是太清楚了,再也不想要孤独重来。

不过,这种感觉真好,只身一人,却不孤独,就一两个小时,只是从晚上九点到十一点。她确信他们很快就会回来。整幢房子任凭她一个人随意走动,上楼,下楼,出这个房间,进那个房间,为所欲为。这与她在其他时间不能随意走动不同，——这时有一种特别的感觉，是在周围没有一个人的情况下独自一人随意走动。这对她很有意义，增强了她的归属感，为她加油，补充营养。

他们曾问她是否想一起去，不过她婉拒了。也许是因为她知道，如果一个人在家里，她就会从中获得这种感觉。

他们没有强求她。他们从不强求她，从不反复邀请到使人厌倦的程度。他们很尊重独立人格，她想，这是他们良好品格中的一项，只是其中的一项，除此之外，还有很多别的好品格。

"那么，下一次再说吧。"母亲在分手时，从门口回头笑着说。

"下次一定带你去，"她允诺道，"他们一家人非常好。"

她先是随意四处走动了一会儿，找一找对这地方的"感觉"，让自己全身心地沉浸在这种幸福的"归属感"之中。她一会碰碰这边的一把椅背，一会又摸摸那边的窗帘的质地。

这一切都是我的。我的房子。我公婆和我的房子。我的，我的。我的家，我的椅子，我的窗帘。不，还是挂成原来那样好看，我要你按那个样子挂窗帘。

傻了？孩子气？还是憧憬？毫无疑问是这样。可是谁没有孩子气，没有憧憬？没有它们，生活还有什么意义？或者说没有了它们，还能称其为生活吗？

她走进杰茜婶婶的食品储藏室，打开饼干罐的盖子，取出一块饼干，咬了一大口。

她并不饿。两个小时前他们刚吃过一顿丰盛的大餐。但是——

在我的房子里，我可以这样做，我有资格这样做。这些东西是为我准备的，我想怎样就怎样，我可以随时享受。

她把罐子的盖子盖上，准备去关灯。

突然，她改变了主意，回去，又拿了一块饼干。

我的房子。如果我想拿，我甚至可以拿两块。对，我就拿两块。

于是，一手一块，每一块上都咬了一大口，她从那里出来。实际上，此刻那已经不再是满足口腹之欲的食物，而变成了精神食粮。

擦掉手指上最后一点饼干屑，最后她决定读本书。此刻，她想彻底休息一下，内心深处有一种安宁和幸福之感，这种感觉有益于健康，是一种康复的感觉。她感觉自己成为一个人，一个完整意义的人。仿佛旧日疼痛的最后痕迹已经被擦除了，这种疼痛源于旧日性格分裂（实际上从完整意义上讲，确实有这样一种疼痛）。基于此，心理学家本可以写一篇学术论文。在一所房子里漫步，彻底安全，彻底放松，走上半小时左右，对她而言，就能有此效果。不去医院治疗，离开所有无情的科学设备，也能治愈。但人毕竟是人，并不总是需要科学。家，一个属于自己的家，一幢谁也不能从自己手中夺走的房子，才是人之所需。

读书正当时，错过不再有。可以全神贯注，忘我读书。可以暂时人书合一，隐匿自我。

她走进书房，花了一段时间才最终决定读哪本书。她沿着书架翻了很多本书，两次坐回到椅子上，开头读了一两段，结果发现都不是自己想读的书，费了好大劲，最终才找到适合自己口味的书。

书名叫做《玛丽·安托瓦内特》，作者是凯瑟琳·安东尼。

不知何故，她从来不大喜欢看小说。这种体裁的东西让她感觉有点不舒服，也许会勾起她对自己过去戏剧化生活的回忆。她喜欢生活中的真人真事（她的思想告诉她）。真正发生，但在很久以前，而且发生地离得也很遥远，并且是完全发生在外人身上，某个永远也不会跟她混淆的人。对于小说中的人物，阅读过程中，读者会不自觉地对号入座，而对于实际的活生生的角色，通常不会这样。客观上同情，但仅此而已。人物从一开始到最后，都是外人。因为在现实中，就已经是外人了。（逃避，读者称之为逃避，尽管自己的情况跟其他人的情况相反。读者从无聊的现实逃进虚构的戏剧化情节。她则从太多的个人戏剧化生活逃进过去的真实之中。）

读了一个小时，也许更长时间，她对号入座，穿越时空，成为一个死了一百五十年的女人。

朦胧之中，静静的夜里从外面传来连续的刹车声，她仅动用一点感知能力就能听得出来。

"……阿克塞尔·弗森驱赶马车，快速驶过一条条黑暗的街道。"（他们回来了。我要先读完这一章。）"一个半小时之后，这辆四轮大马车穿过了圣·马丁大门……"

前门传来钥匙在锁孔里转动的声音。门开了，然后又关上了，但没有听到归来者的低语声。悄无声息？至少是来人没说话。能听到一双鞋子走过靠近房门没铺地毯的那一段地板，坚定而有力，然后脚步声沿着门厅方向渐渐模糊了。

"……他们看到在前面不远处有一辆大型旅游马车沿路边停住。"(不，那是比尔，不是他们。他就是刚才进来的那个人。我忘了，他们并没有乘车去，迈克尔森一家就住在拐角那边。)"一辆大型旅游马车沿路边停住……"

听脚步声，那人已经走到了屋后。杰茜婶婶负责的食品储藏室里面的灯又亮了。从她所在的位置她看不到来人，但根据开关发出的咔嗒声她知道人在那里。根据电灯开关发出的不同咔嗒声她就知道来人在开哪一盏灯。根据咔嗒声的方向，和所发出声音的清脆或微弱，就可以得知与一幢房子相关的此类事情。

她听见水从水龙头里急速冲出的声音，接下来是一只空玻璃杯掉在地上的声音。然后饼干罐子的盖子掉了下来，砰的一声瓷器声，沉重、空洞、响亮。盖子也在地上停留了一会，没有着急盖回罐子上去。

"……沿路边停住。"(杰茜婶婶会大发脾气的。她总是责骂他。同样的事，她却从不责骂我。我猜想他还小的时候，她就习惯于责骂他了，现在改不掉了。)"假冒的科尔夫夫人和她那伙人进了那辆马车……"

过了好久，盖子终于又盖回罐子上了。听脚步声，来人又重新向前走去,到了大厅后部。在那里脚步声突然停下来,人往后退了一步,两只脚踩在一个地方,地板发出轻微的嘎吱声。

"……"(他把一大块饼干掉在地上,停下来去捡。他不想让杰茜婶婶第二天早晨发现地上还有饼干,知道自己昨晚在那里干了什么。我敢说他内心还是害怕杰茜婶婶的,还跟自己小时候一样。)"……"

但是她没有意识要想到他,或者将意识落在他身上。她的意识此刻就在所读的书上。是她意识的边界,尚未使用的剩余部分,对它自己一直不停地作出说明,而她的意识中心则对这一切根本不注意。

他一屁股坐下去,听不到动静了。一定是一屁股坐在某处,要吃完自己的饼干。要是一屁股坐在椅子里,兴许一条腿还搭在椅子的扶手上呢。

他已经得知父母亲都去迈克尔森家去了,而且一定是认为她也一块跟着去了,此刻这幢房子里就他一个人。书房是在楼梯右边,而他走左边直接去了食品储藏室,然后又回转身,还没走近书房,因此他不可能知道她此刻在书房里。她旁边的那盏灯带有灯罩,灯光的辐射半径受到限制,不可能照到房间门口。

突然,他轻盈的脚步声重又响起,小口咬食饼干的声音也没了。一阵脚步声,清晰可闻,如同先前从什么地方冒出来时一样,脚步转过楼梯底部,朝这边过来了。脚步声径直而来,朝这个房间而来，他没有想到她会在里面。

她继续全神贯注地读书，完全被书中感兴趣的内容吸引住，甚至都没有抬眼看。

他走到门槛边，在那里突然停住了，几乎像是往后一缩。

大约有片刻功夫，他静静地站在那里，看着她。

然后，他突然笨拙地往后退了一步，一大步，转身，又走开了。

几乎是在潜意识中，她对这些都知道，没有完全意识到，至少此刻没有全意识到。它就在那里，附着在她的意识上，但还没有深入。

"……"（他为什么看见我一个人在这里，就转身离开了？）"……他们坐在了舒适的坐垫上……"（他本打算进屋，只走到门口。然后他看到我在这里，似乎觉得我没看到他，他就退回去了。为什么？究竟是为什么？）"阿克塞尔·弗森接过了缰绳……"

慢慢地，她读的那本书的魅力消失得无影无踪。她的眼睛首次离开了书页。她疑惑地抬起头，手里依然拿着那本书，没有合上。

为什么？为什么他要那样做？

他不是害怕打扰我。我们是一家人，彼此之间不必拘于礼节。想进哪个房间都行，而不用说请勿见怪，除非是楼上的房间。可是，这间书房不在楼上，而是在楼下。他甚至没有打个招呼。看到我没有看见他，就想离开，不想引起我的注意。他先往后退了一步，这时才转身离开。

前门重又打开,但他没有随手关上。他从前门出去片刻,去存放汽车。只听车门砰的一声,关上了。随后是齿轮啮合、转动的声音。

他难道不喜欢我吗?那就是别人不在场的情况下,他不想和我独处一室的原因吗?他对我有看法吗?我认为——看来——好像很久以前他就对我完全信任了,但是,他却突然止步不前,抑制住自己,就在门口,几乎是突然转向离开。

接着,突然,简单来说,几乎实事求是地说,她明白是怎么回事了。她懂了。那是无法解释的事情,无法用语言来解释,它过于脆弱,无法承受任何语言。

不,那不是因为他不喜欢我。那是因为他真的喜欢我,确实喜欢我,才像那样逐渐后退,不想和我独处一室,如果能避免的话。他太喜欢我了,已经爱上我了。然而,他认为不应该那样做。他的内心在进行激烈的思想斗争。跟自己的嫂子……他自感无望,思想斗争到最后,也没有战胜自己。

她毅然决然地,但又不慌不忙地,合上书,对准当初抽出来留的空隙,把书推了进去。她为他留着灯(因为刚才他似乎想进来),退出书房,好让他再来。她进了大厅,上楼,进入自己的房间,关上房门,准备睡觉。

她松开自己的头发,进行就寝前的梳理。

她听到关车库门的隆隆声,听到挂锁锁好后撞击车库门的声音,听到他又进了房子。他径直向书房走去,走了进去,这次一点也没有犹豫（他要向她搭话，直面问题，不再回避，在那短短几分钟停放车得以喘息的时间里他已经做好决定了？），结果发现灯还亮着，读书人却已不见踪影。

过了几秒钟，她想起自己点燃的香烟还在那里，在桌子上，灯下面，她坐的椅子旁边。她出来的时候，忘了捡起来拿走了。现在一定还燃着呢，当时她刚刚点着就听到他开车赶到了。

她倒不担心因此可能会引发火灾。他一眼就能看到，定会替她把烟熄掉。

但那支燃着的香烟会让他明白。因为，就如同当时他原本想进来而没有进来一样，燃着的香烟向他表明她虽然离开了书房，而她当时原本并不打算起身离开。

此刻，她不仅知道他正开始爱上她，而且，她还知道他通过那支泄漏内情的香烟判断，自己的嫂子已经知道自己爱上她了。

表明心意

满月当空，屋后的花园亮如白昼，她出了房门，走进花园里。铺沙的小径绕花园一周，呈正方形，两条小径相互交叉，通向四角，犹如一个大 X，在皎洁的月光下，貌似下了一层雪。移动中，她的身影在白色的衬托下泛着蓝光。花园中央用岩石砌成的小池塘，水面波光粼粼，犹如点缀着波尔卡圆点的银盘。她沿池塘漫步，移步换景，眼前的波光在运动中开开合合，而这只不过是错觉而已。

六月的夜晚，玫瑰丛馥香浓郁，小虫们昏昏欲睡，在打盹似的哼唱，仿佛在梦中呓语。

她还没有睡意，不想再读书了，待在书房里，亮着灯，太闷热了。

一旦哈泽德夫妇把她留在那里，上楼去自己房间了，她就不想独自一人坐在前廊了。过了一会儿，她上楼朝里瞧了瞧休，看他是否已酣然入梦，然后出了房门，走进后花园里。此花园由高高的篱笆墙围就，外人无法入内。

十一响悦耳的钟声从比奇伍德快车道上的归正小教堂那边传来，在静谧的夜空久久回荡，宁静幸福感在她心中油然而生。

一个平和的声音，似乎从身后传来："你好，我想一定是你在这里，帕特里斯。"

她吓了一跳，回头一看，一时不能断定他在哪里。原来他在上面，窗户开着，身子从窗台上探出。

"介意我下来陪你抽支烟吗？"

"我这会儿就要进屋了。"她匆忙答道，但窗户那里已经看不见他了。

他快步从后门廊走出，朝她走来，月光洒在他的头上和肩上，犹如一层滑石粉。她转身和他一起肩并肩地缓步前行。他们俩沿外围小径走了一圈，然后又走过花园对角线的中间小径。

在散步中，她有一回伸出手，拽住一株花，使它稍微弯向自己，然后又撒开手，花枝摇曳而回，没有折断。那是一株盛开的白玫瑰，香味如同炸弹炸开，扑到脸上，一时挥之不去。

他没有如此举动，什么也没做，什么也不说，只是伴在她身旁走着。他一只手插在裤兜里，眼睛一直向下看，仿佛那条小径使他着迷。

"我真不愿意离开这里,咱们家的后花园太可爱了。"她最后说道。

"我从不在花园里闲逛,"他几乎是生硬地答道,"我不想漫步其中,也不在乎其中的鲜花。你知道我为什么来这里。要我讲给你听吗?"

他把手中的香烟用力掷在地上,反手一抽,动作相同,仿佛有什么事让他大为光火。

她被吓坏了。她突然停下了脚步。

"不,等一下,比尔。比尔,等一下……别讲……"

"别讲什么?我还什么都没说呢,但你已经知道了,对不对?很抱歉,帕特里斯,我必须得告诉你。你必须得听一下。我如鲠在喉,不吐不快。"

她抗议似的向他伸出手,仿佛在努力挡住什么。她退后一步,拉开了两个人的距离。

"我不喜欢这样,"他难以自控地说,"这件事对我而言是全新的,我很在乎。之前我从不烦恼。我甚至没有像其他人那样热恋过。我想那是我的生活方式使然。但这件事我摆脱不了,帕特里斯。好的,现在我就说说这事。"

"不,等一下……现在别说。千万别说。现在时候还没到……"

"现在正是时候,就今晚,就这个地方。再也不会有今天这样的晚上，即使我们长命百岁，也不会再有。帕特里斯，我爱你，我想让你嫁……"

"比尔！"她恳求说，满心恐惧。

"现在我说给你听了，现在你要逃走了，帕特里斯，"他绝望地问道，"这件事有这么可怕吗？"

她已经到了门廊底下的台阶，飞快的速度突然受阻，她索性泰然自若地停了片刻。他慢吞吞地尾随其后，不再纠缠不休，甘心接受挫折。

"我不会谈恋爱，"他说，"我不会正确表达……"

"比尔。"她又叫道，几乎是在痛苦不堪地说话。

"帕特里斯，我每天都看见你……"他无助地摊开双手，"要我怎么办？我没有求过爱。我认为求爱很美好。我认为就应该这样求爱。"

她把头在门廊柱上倚了片刻，仿佛很痛苦。"你为什么非要说出来呢？你为什么就不能……多给我些时间呢？求你了，再给我些时间，就几个月的时间……"

"你想让我收回刚才说的话吗，帕特里斯？"他悲伤地问道，"现在我该怎么办？当时即使我没说那些话，又能怎么办？帕特里斯，从现在起再过几个月，时间太长了。是因为休，还是因为休吗？"

"我从来没有恋爱过……"她刚开始说，马上就后悔了，话语戛然而止。

136

他一头雾水，奇怪地看着她。

我说得太多了，这一想法在她的脑海一闪而过。说得太多了，要不然就是说得还不够。然后她悲伤地确认：说得远远不够。

"我现在就要进去了。"门廊的影子犹如一块靛蓝色的幕布落在他们之间。

他并没有试图想跟进去，就站在她离开他的地方。

"你害怕我会吻你。"

"不，我害怕的不是你吻我，"她低语道，几乎听不见，"我是害怕自己想让你吻我。"

门在她身后关上了。

他站在外面皎洁的月光下，一动不动，伤心地低头看着地面。

意外来信

　　清晨,她从窗口望出去,外面的世界温馨甜美,让人倍感亲切。平和、安全,而且有归属感,几种感觉交织在一起,让她感觉比平时要强大许多。很快,任凭什么力量都不能重新撕开它们。在自己的房间里,自己的家里,自己的屋顶下睡到自然醒;发现幼儿比自己先醒,正透过婴儿床满怀希冀地向外窥视,欢叫着对自己微笑,这种微笑很特别,只针对母亲一人。把他抱起来,搂在怀里,想轻轻抱紧,须控制自己的力度;然后把他抱至窗前,拉开窗帘,观看外面的世界。把自己为他发现、为他营造的世界指给他看。
　　早晨的阳光犹如橘黄色的麒麟草花粉轻轻地洒在前面的人行

道和车行道上。天空在各种树木和所有房子的庇荫处投下蔚蓝色的阴影。几户开外的草坪上，一个男子正在给草坪洒水，水从手中软管的喷嘴里喷出，如闪闪的钻石，晶莹剔透。男子抬起头看见了她，报以邻里之间亲切的挥手，虽然并不怎么熟悉。作为回应，她握着休的小手向男子挥手致意。

没错，清晨，整个世界都非常亲切。

接下来，为自己和孩子穿衣打扮，下楼来到宜人的房间。哈泽德老妈刚采来鲜花，亲切开朗地跟她打招呼。咖啡渗滤壶光可鉴人，围坐在它周围，壶面上反射出的形象个个都既矮又胖，孩子每次见了都很开心。一位老太太、一位年轻的女士，还有一个坐在高脚椅里非常年幼的小孩。毋庸置疑，小孩自然就是她们关注的中心。

在家里，在家人中间，安全无虞。

甚至还有信件，给自己的信件，早已经放在自己的座位前。她一看到信，一种十足的愉悦感油然而生。没有比这更具有恒久归属感的象征了。自己的信件，寄到自己的家里来，这种感觉真好！

"帕特里斯·哈泽德夫人亲启"，还有地址。曾经，这个名字吓了她一跳。现在不会了。不久，她就再也不会记得，在叫这个名字以前，她曾经还有过另外一个名字。那个名字曾让她孤独、害怕、飘零，为现在的世界所不容，她不想要那个名字……

"哦，休，别着急，先把给你的这些吃掉。"

她打开信，里面什么也没有，或者说，一个字也没写。起初，她想一定是写信人弄错了，信封里只放进一张白纸。不，别急，再看看……

竟然有三个小字，几乎淹没在信纸的折缝之中，雪白的信纸上，三个小字被大面积空白所包围，很不显眼，几乎被忽略掉。

你是谁？

第二封信

　　在收到信件之后的多个早晨,她从窗口向外望去,外面的世界不再温馨甜美,而是苦甜参半。在一个按理并不属于自己的房间里忐忑醒来。自己明白,而且知道有别的人也知道自己无权生活于其中。旭日的阳光苍白无力地投射在大地上,感觉有点阴冷。在所有树木底下和所有房子的庇荫处,昨夜的残余阴影还没有退去,阳光冲淡了阴影,成为蓝色,但依然令人沮丧,令人生畏。几户开外,正在为草坪洒水的那位男子是位陌生人,一眼就能看出是位陌生人。见他抬起头,她赶紧从窗口退缩回去,连同孩子一起,生怕他看见自己。过了片刻,真希望自己当初没有那样做,但是太晚了,已经那样做了。

他就是那个写信人吗?是他吗?

为自己和孩子穿衣打扮不再充满乐趣了。当她抱着休下楼时,走在那些曾走过千百次的梯级上,终于明白了心情沉重,深感不安是什么滋味,就像当初来到这个家的第一个晚上,当时也是这种感觉,她曾告诫自己说,也许有朝一日会不得不离开这个本不属于自己的家。

哈泽德老妈坐在桌旁,笑容满面;她采来的鲜花,鲜艳欲滴;咖啡渗滤壶照出的人像形象怪异。但她对这些都视而不见,从一进门口,她的眼睛就一直在偷偷地、紧张地搜寻一样东西,甚至还没到门口,就已经在这么做了。一看到餐桌,目光就迫不及待了。餐桌上有白色物品吗?就在自己的座位一侧?在自己的座位附近有长方形的白色物品赫然入目吗?如果有,会一目了然,因为桌布是印花图案,红色和绿色相间。

"帕特里斯,你睡得不好吗,亲爱的?"哈泽德老妈热切地问道,"你看上去有些憔悴。"

刚才,走下楼梯时,她的脸色并不憔悴,只是心情沉重,深感不安而已。

她把休安顿在他的高脚椅里,这次花的时间比往常要稍长些。她心里对自己说,眼睛不要朝那里看,绝不要看。别去想它。不要试图弄清楚里面写了什么,你不想知道里面写了什么,就让它待在那里，吃完早餐再去把它撕开……

"帕特里斯，你把食物弄到他脸上了。来，让我来喂吧。"

从那一刻起，她两手空空，无所适从。她感觉仿佛面前有很多封信，至少四五封。她伸手去拿咖啡壶，却碰到了信的一角。她伸手去拿糖碗，却碰到了信的另一个角。她把餐巾朝自己的方向一拽，信趁势靠自己近了两三英寸，它一直就在餐巾上。她满脑子都是信，一下子到处都是。

她真想惊声尖叫，但理智尚在，于是握紧拳头，垂在椅子两侧。心里想，我绝不能那样，绝对不能。休就在我旁边，婆婆就在餐桌对侧……

启开它，快启开它。快，趁你还有勇气。

信封发出撕裂声，她的手指太粗，太笨拙了。

这次多了一个词。

你从哪儿来？

她又一次握紧了拳头，低垂在座椅边。白色溶进手里，消失在指缝间。

浓重阴霾

清晨，从窗口望出去，外面的世界于她而言是苦涩不堪，令她难过。她感觉自己刚刚在一个陌生的房间里，一幢陌生的房子里醒来。房里的一切都不属于自己，只有孩子是自己的。她抱起孩子，朝窗户慢慢移动，蹑手蹑脚地斜过身子，从窗子的远端向外窥探，几乎没有把窗帘打开。她不敢大步向前，走到窗户正中央，猛然把窗帘拉开。只有家里的人在自己家才可以这么做,而她不行。她跟自己说，在这里，没有什么，没有什么是属于你，或是为你而做的。小镇不友好，所有的房子也不友好。阳光无力地照在石板砌成的地板上，冷冰冰的。每一棵树和每一幢房屋的庇荫处的深色阴影如同人们紧蹙的眉头。今天，喷洒草坪的男子没有回转身体向她致意。此刻，他不仅仅是位陌生人，而且还是位潜在的敌人。

她抱着儿子走下楼，脚步声如同丧钟一声声响起。一进餐厅她就闭上了眼睛，她情不自禁这样做，一刻也不想睁开眼睛。

"帕特里斯，你今天看上去很不正常。你应该照照镜子，跟孩子的脸色比对一下。"

于是，她睁开了双眼。

那里，这次什么也没有。

但信还会来的，还会再来的。已经来过一次，两次，就还会再来。也许明天，也许后天，也许大后天。肯定还会再来的。束手无策，只能等待。坐在家里，痛苦不堪，百般无奈地等吧。她感觉好似把脑袋低在一个拧不严实的水龙头下，等着下一滴冰冷的水滴落下来，滴在自己的头上。

早晨，世界于她而言是苦涩不堪，而到了晚上，到处都有阴影，无固定形状，在她周围悄悄移动，一步步追近，随时要合拢在一起，把她吞没。

欲言又止

　　夜间，她辗转反侧，睡不踏实。醒来，脑子里想的还是那件事。事情的起因、写信人的动机，都很直接，那正是要紧之处；重要的不是她睡得不踏实，而是她知道了事情的起因和写信人的动机，很清楚地知道了。

　　睡不踏实并不新鲜，最近一直这样，总是睡不踏实，简直已经成为规律，从无例外。这种紧张开始对她产生效果。她的抵抗力在损耗，神经慢慢地越绷越紧，与日俱增。她知道，自己离危险越来越近，再近一点，就完了。问题不在于下一封信什么时候来，而是等待它到来的过程很煎熬。时间越长，就越紧张，而不是越放松。这就像那个著名的比喻:等着第二只靴子落地,而它却一直没有掉下来。

她再也不能忍下去了。"如果再来信,"她自言自语说,"就要出乱子了。不要再来信了。千万别来了。"

她照了照镜子。不是因为虚荣、自负,而是想看看自己的容颜是否有损,客观确认一下自己所付出的代价。镜子中的自己,脸色苍白而憔悴。脸不再珠圆玉润,正逐渐恢复成在纽约时的瘦削模样。她的眼睛有点黑眼圈,只不过有点太明显。她显得疲惫不堪,一副怯生生的样子。也不是怕得不得了,但耐不住长期煎熬。匿名来信对她的影响可见一斑。

她自己先穿好衣服,然后又给休穿好衣服,并抱着他下楼来。今日清晨,餐厅里面非常宜人。旭日阳光照射进来,投下一片香槟色。印花棉布窗帘洁净如新,桌上的餐具光彩照人,咖啡壶芳香四溢,新烤的面包诱人的香味透过盖在上面用以保温的餐巾飘逸而出。哈泽德老妈从后花园采来的鲜花放在餐桌中央,开饭时总是刚采来不到一个小时。哈泽德老妈身着晨服,打扮整齐,神采奕奕,对她笑脸相迎。家,温馨和睦。

"别打扰我,"她在内心祈求道,"放过我吧。让我拥有这一切,让我享受这种生活,因为它就是要让人享受的,因为它就是在等着人去享受的。不要把这种生活从我这里夺走,留给我吧。"

她绕过餐桌走到哈泽德老妈身边,致以吻礼,并把休伸出让她亲吻。然后她把孩子安顿在他的高脚椅里,高脚椅就在她们中间,自己也坐下了。

这时,她看见了它们,正在桌子上面,等待她呢。

上面是一本百货商店的货物推广手册,封在一个信封里面。从上角的抬头她就能辨认出来。但底下还有一封,信封更大一些,四个角从压在它上面的信封下面突出来。

她不敢正眼观看,故意在拖延。

她用调羹勺给休喂食麦片,间歇小口喝自己的果汁。那封信破坏了她早上的食欲,使她的神经越绷越紧。

可能不是那些信的其中一封,也可能是别的信。她把手猛然一动,百货商店那一封就移开了。

帕特里斯·哈泽德夫人亲启

收件人的名字和地址是用自来水笔写的,是一封个人信件。她从来没收到过这样的信,谁给她写的信?她认识写信人吗?一定又是那些信其中的一封。她感觉一阵恶心,胃部冰冷。仿佛中了催眠术,她着迷般仔仔细细看了看信封,只见上面贴有一张三美分的紫色邮票,整张邮票已经盖有多条波浪形的注销线。旁边是圆形的邮戳。寄出的时间很晚,昨晚零点以后才寄出来。从哪里寄来的?她想知道。是谁寄出来的?脑海之中,她能看到一个模糊的，鬼鬼祟祟的人在黑暗之中溜到邮筒前，一只手急匆匆把一样东西推进邮筒的斜槽口，只听"当"的一声，槽口重又合上了。

她真想拿上信离开这里，拿到楼上去，关上门再启开它。可她如果不把信启开就拿走，会不会欲盖弥彰，引发别人过分的关注呢？最安全的就是在这间房里启开它，在这个家里，他们从来不刺探别人的隐私，从来不问。她知道自己读完以后，她甚至可以把它开着放在那里，那样也是安全的，没有人会动它一下。

于是，她把餐刀插进信封封盖，把它划开了。

哈泽德老妈已经接替她给休喂食了，老太太谁也不看，只盯着休一人。孩子每吃下一口，都引来一声由衷的赞美声。

此刻，她已经把信封之中对折一次的信纸打开了。鲜花在她对面，屏蔽了她的手的抖动。信纸还是那么空，浪费了许多空间，只有几个字。沿着信纸中间有一条折痕，字就写在那里。

你来这里干什么？

她能感觉到自己的胸部在收缩。她极力平息自己突然异于平常的急促的呼吸声，以免露出蛛丝马迹。

哈泽德老妈正在给休看他自己的盘子。"吃光了。休都给吃光了！食物都去哪里了？"

这时，她已经把信放到大腿上，把信重又塞到信封里面，并折过来，折了一下，然后又折了一下，直到信封的大小能够在手掌里放得下。

"再来一封，就会出乱子了。"果不其然，又来了一封信。

她能感觉到自己的自控力在逐渐消失，但是不知道将会以什么样的毁灭性的形式消失。"我必须得离开这个房间，"她警告自己道，"我必须得离开这张餐桌，现在，快点！"

她突然站起来，不小心让椅子绊了一下。她转身离开餐桌，一句话也没说。

"帕特里斯，你难道不准备把自己的咖啡喝掉吗？"

"我马上就下来，"她在门口外面上气不接下气地说，"我忘了拿一样东西。"

她上了楼，进了自己的房间，随手就关上了房门。

好像一座大坝突然溃堤。她还不知道将要采取哪种形式。哭，她曾想到过，或者歇斯底里地高声大笑。两者都不是。是愤怒，一阵突发的愤怒，盲目的、令人困惑的和无助的愤怒。

她走到墙边，高高举起拳头，高过头顶，不停地捶打墙壁。然后绕墙一周，一面接一面，四面墙一面也不放过，就像被困其中，在寻找一个出口，同时心烦意乱地大喊道："你到底是谁？你从哪里寄来的这些信？为什么你不出来？为什么你不光明正大地出来？为什么你不出来让我看见你？为什么你不出来给我一个机会反击？"

最后她停止了发泄,由于情感爆发,精神变得萎靡不振,呼吸也急促了。回过神来,突下决心。只有一个办法进行反击,她只有一种办法使他们丧失伤害自己的力量……

她猛然打开房门,重又走下楼梯。跟上楼时一样,不流泪。她速度很快,摇摇摆摆,快步下楼,手里还拿着那封信。她把信完全打开,一边下楼一边抚平信纸。

她返回餐厅,步伐跟下楼时一样。

"……来,乖孩子,把牛奶都喝光了。"哈泽德老妈低声用歌唱的声调哄着。

帕特里斯快步绕过餐桌向她走去,突然在她身边停了下来。

"我想让您看样东西,"她直截了当地说,"我想让您看看这个。"

她把信端端正正地放到哈泽德老妈面前的桌子上,站在一旁等着。

"稍等,亲爱的,让我找找眼镜。"哈泽德老妈柔声低语表示同意。她在餐具和食品中不断寻找。"你爸爸坐在餐桌旁的时候,我是戴着眼镜的,当时我们俩都在看报。"她抬头向另一侧的餐具架望去。

帕特里斯站在那里等着。她抬眼看了看休。小家伙手里还攥着调羹勺,把它紧紧地攥在拳头里面,生怕别人夺走,向她高兴地挥舞着。家,温馨和睦。

突然,她回到餐桌旁自己的座位上,拿起一直放在那里的百货商店的传单，用它替换了那封信。

"找到了，就在我的餐巾下面。原来一直就在我面前。"哈泽德老妈正了正眼镜，转身向她。"这下好了，亲爱的，你要给我看什么？"她打开宣传册，开始翻阅。

帕特里斯用手指着，"想让您看看这个式样，就在这里。第一种，是不是……很好看？"

在她背后，那张被她替换出来的信纸在她的一只手里被弄皱，缩小，吞没在她的手指间，看不见了。

欲行不能

房内灯光昏暗，她默不作声，动作敏捷，徘徊其中，怀里抱着一抱从抽屉里拿出来的东西。休躺在自己的婴儿床里睡着了，时钟显示快到凌晨一点了。

那只旅行包在一把椅子上敞开着。甚至这个旅行包也不属于她。那是她乘火车来这里时第一次用的旅行包，看上去还跟新的一样，圆角上带有"PH"的字样。她将不得不借用这只旅行包，就像她要借用随手捡起来的物件扔到里面一样。她身上穿的衣服也是暂时借用。按理说，整个房间内只有两样是属于自己的，一样是静静睡在婴儿床里面的小宝贝，另一样是梳妆台顶部一张纸上一字排开的那十七美分硬币。

她所收拾的物品大多是为孩子准备的,都是他需要的东西,给他保暖的衣物。他们不会介意的,他们不会吝惜这些的,他们爱他就跟她爱他一样多,她伤感地推断。她不由得加快了动作,仿佛如果她磨蹭的时间太长的话,潜藏在某处的危险就会发生。

她为自己拿的东西非常少,只拿了一些不可或缺的生活必需品。几件内衣裤,外加一两双袜子……

身外之物,全是身外之物。当你的整个世界在你周围就要分崩离析的时候,身外之物又有什么用呢?你的世界?笑话!根本不是你的世界,这是一个你根本无权生活于其中的世界。

她放下旅行包的盖子,不耐烦地把锁扣扣上,不关心扣得是否牢固。一小条白色的东西被扣在外面,突出于盖缝之外,她也不在乎。

她戴上帽子,穿上外套,这些她早就备好放在床脚边了。帽子戴得正不正,她没有照镜子,尽管她肩膀右边就有一个。她捡起手提包,把手伸进去摸。她从里面摸出一把钥匙,这幢房子的门锁钥匙,放在梳妆台上。然后她从里面摸出一个小的零钱包并把里面的零钱抖落出来。先是一卷折叠的纸币无声地掉出来,然后是多枚硬币洒落出来,叮当作响,其中几枚到处滚动。她把那些钱聚拢在一起,然后把它们都放在了梳妆台上方。接下来他捡起那十七美分硬币,并把它们放进零钱包,重又把零钱包放进手提包，然后把手提包夹在了腋下。

她走到婴儿床旁边，然后把一侧降低。她蹲下来，让自己跟那张熟睡的小脸一样高。她轻轻地吻了吻两只眼睑。"我很快就回来抱你，"她低声说，"我得先把包送下去，放到门口。我恐怕不能同时抱着你又拎着包走下楼梯。"她站起身，有点依依不舍，过了片刻，低头看了看他。"我们要去乘火车了，你和我。我们不知道去哪里，也不在乎去哪里。毫不犹豫，沿着火车前进的方向走。沿途总会有人让我们上车坐在他旁边……"

时钟显示现在凌晨一点多了。

她走到门口，轻轻打开房门，拿着旅行包出了房间。她小心翼翼地关上门，然后手里拿着包开始下楼。她走得非常慢，仿佛旅行包很沉。然而区区一个旅行包似乎不会让她的手臂坠得那么低，一定是她的心情如铅般沉重使然。

突然，她收住了脚，并把旅行包放在她旁边的台阶上。他们都站在那里一言不发，就在楼下前门旁边，有两个人。原来是哈泽德老爹和帕克医生。到如今，她一直没有听到他们的声音，因为他们一直都没有说话。他们一定是早就站在那里了，一时悲伤，都不说话，告别前就是这种模样。

这时，他们打破了沉默。由于她站在楼梯拐弯处上面，他们都看不到她。

"好啦，晚安，唐纳德。"医生终于开口说话。她看到他把一只手放到哈泽德老爹的肩膀上以示安慰,然后又从那里沉重地垂下。"去睡吧。她会好起来的。"说着,他打开门,接着又补充道:"但不要激动,从现在起不要有精神压力,你懂得吗,唐纳德?那就是你该干的事,让那一切都远离她。这事我可以依赖你吗?"

"你放心好了。"哈泽德老爹可怜巴巴地答道。

关上房门,他回转身,开始上楼,向她纹丝不动站立的地方走来。她见状,干脆把旅行包留在身后,脱掉帽子和外套,扔在包上面,往下走了一两个台阶,转过楼梯弯角,迎上前去。

他一抬头看见了她,没有太多的惊讶,除了有点冷冰冰的悲伤外,也没有太多其他的表情。

"哦,原来是你啊,帕特里斯,"他没精打采地说,"你听到他说话了吗?你刚才听到他说的话了吗?"

"说的是谁?……是妈妈吗?"

"我们退休后不久,她就中了另一种魔咒。医生看护她已经有一个半小时多了。这种病不能惹,一触即发。最初,发病时间只不过几分钟……"

"可是爸爸,你为什么不招呼……"

他沉重地在楼梯上坐下来。见状,她也在旁边坐下来,用一只胳膊搂住了他的肩膀。

"我为什么要麻烦你呢,亲爱的?你在她身边也帮不上什么忙……况且你整天都有孩子需要照顾,你也需要休息。另外,这也不是才有的事情。她的心脏一直就不大好。在两个孩子出生之前就不大好……"

"我从来都不知道。没听您讲过……可这种病是越来越厉害吗？"

"一上了年纪，这种病就不会有改善。"他轻轻地说道。

听罢此言，她心里很内疚，不由得把自己的头靠在了他的肩膀上。

他拍拍她的手，安慰道："她会好起来的。我们一定要让她好起来，你和我，别说给别人，好不好？"

听罢此言，她不由得颤抖了一下。

"我们一定不要让她受刺激，不让她难过，"他说，"你和你的小宝贝，在这个家里，你们就是她最好的药。只要有你们在……"

如果早晨她问起帕特里斯，问起自己的孙子，那他一定就会告诉她……想到这里，她不可思议地陷入沉默，看着脚下的台阶，但泪水早已模糊了她的双眼，她什么也看不见了。如果她当初晚出来五分钟，没有看到医生离开的场景，她可能就把死亡带给这个家了，以怨报德，不经意间间接杀死她所认识的唯一的母亲，让她情何以堪！

她出神了，一时无语。他误解了她，用布满皲裂的手碰了碰她的脸颊。"别难过，她不想让你照顾她的，你知道。帕特，不要让她知道你知道了。让她一直认为这是她跟我之间的一个秘密。那样会让她更高兴。"

听罢,她深深叹了口气,表明她已经作出决定,只得无可奈何地屈服于这一不可避免的决定了。她转过头,在他头上轻轻吻了一下,并抚摸了两下他的头发,然后站起身来。

"我要上楼了,"她平静地说,"您一会儿下去把我们身后大厅里的灯关了吧。"

他随即下楼去了。她拾起旅行包,外套和帽子,悄悄地重新打开了自己的房门。

"晚安,帕特里斯。"

"晚安,爸爸,早上见。"

她把东西拿进房内,关上门,摸黑走到房间另一边,在那里静静站了片刻。内心深处,她在默默地祈祷,几度哽咽。

"给我力量吧,因为我无路可逃,我现在明白了。这场战斗必须在这里进行,就在我脚下,并且我都不能大声叫喊。"

片刻安宁

接下来，突然就不来信了。没有再寄来那种匿名信件。没有再寄来。日子过去一天，两天，一周，一个月，两个月，一直没有再来信。

仿佛她兵不血刃就赢得了战役的胜利。不，她知道写信人不会就此罢休。这种情形好像战役中止了，对手诡计多端，躲在暗处，暂不展开攻击。

她试图抓住救命稻草，试图搞清楚救命稻草所在，但都没有成功。

哈泽德老妈说："埃德娜·哈丁今天回来了，过去几周她一直在费城走亲访友。"

但那种信没有再来。

比尔说："我今天碰到汤姆·布赖恩特了，他告诉我说他的姐姐玛里琳得了胸膜炎在家养病，今天才下床。"

"我想我还没有见过她。"

但那种信没有再来。

考菲尔德，人口有二十万三千人，这是书房里那本地图册中给出的数据。她想，每个大活人都有一双手，其中一个人在某个隐秘阴暗的角落里，一只手把着邮筒口盖，另一只手则鬼鬼祟祟地顺着邮筒槽口把信塞入邮筒当中。

那种信没有再来，但这件事依旧难以捉摸。究竟是怎么回事？谁干的？更确切说，究竟是怎么发生的？谁一直在干？

然而，在她心灵最深处，不知何故，她知道写信人不会就此罢休，像那样的事情不会发生了随即停止。要么根本就不会发生，要么就会产生令人震惊、毁灭性的后果。

但尽管那样，安全感还是回来一点点，恐惧感甚至曾经一度消失，如今虽然不像以前那样大胆，但安全感暂时回来一点点。

早晨，放眼窗外，内心苦中有甜，世界不再令她痛苦不堪。那世界似乎正屏住呼吸，静观其变……

参加舞会

她刚把休舒舒服服地安顿在被窝里,就听到哈泽德老妈敲门。不为别的,就是在晚上熄灯前,作为祖母要悄悄亲吻一下自己的孙子,这已成晚间惯例。然而,今晚她似乎有话要跟帕特里斯讲,但不知如何开口。

亲吻过休之后,她没有立即离开,而是依依不舍。靠近她身体的婴儿床那一侧已经翻上去,回到原位。她不走,站在那里欲言又止,帕特里斯不能熄灯。

一时间,尴尬无比。

"帕特里斯。"

"什么事，妈妈？"

突然，她脱口说出："今晚比尔想带你去参加乡村俱乐部的舞会。现在，他正在楼下等着你呢。"

帕特里斯听了大吃一惊，一时语塞，不知如何答复，只好站在那里看着她。

"他让我上来问问你是否愿意跟他一起去。"然后她索性说开了，仿佛要用滔滔不绝的话语来打动她。"他们每个月才举办一次，你知道，本来他想一个人去的，他通常都是一个人去，呃，你为什么不穿衣打扮跟他一起去呢？"她用循循善诱的语气劲道。

"可是我……我……"帕特里斯结结巴巴地说。

"帕特里斯，你迟早要开始的。你要是不去，对你不好。最近你的气色一直不大好，我们都有点担心你了。如果有什么烦心事……你就按妈说的去做好了，亲爱的。"

这显然是一道命令，或者说这是哈泽德老妈所能够说出的最接近命令的话了。说话间，她已经打开帕特里斯的衣柜门，同时，目光投向衣柜内，帮她挑选衣服。"这件怎样？"说着，她拿出一件，贴近自己的身体让她看。

"我不大想……"

"这件就行，"说着，她把衣服放在了床上，"这种场合不是很正式。我让比尔在路上给你买一朵兰花或栀子花，那样就很讲究了。今晚你只是去感受一下气氛。慢慢地你就找到感觉了。"她微笑着再次鼓励道："你会得到很好的照顾的。"哈泽德老妈拍了拍她的肩膀，转身就要离开。"嗯，这才是好姑娘。我去告诉比尔你马上就准备好了。"

片刻之后，帕特里斯无意中听到她走下楼梯，丝毫不想调整自己的声音向楼下说："她答应了，我说服了她。你必须好好照顾她，年轻人，否则，有你好看。"

当她到楼下时，发现他正站在门里等着她。

"我这个样子还行吗？"她没把握地问道。

突然，他由于有点尴尬而不能自持。"嘿，我……我不知道你在晚上该是什么样子，"他吞吞吐吐地说。

汽车刚开出去的那会子，两个人都有点腼腆，仿佛他们今天晚上才见第一面。这种感觉难以捉摸，但一路相随。于是，他打开了车内的收音机，舞蹈音乐扑面而来，"你先酝酿一下情绪。"他说道。

他把车子停下来，下了车，回来的时候手里拿着一朵兰花。"这是产自委内瑞拉北部最大的一种，"他说，"哪里来的都一样。"

"来，帮我别上，"她在衣服上挑了一处地方，"就这里吧。"

很意外，由于某种奇怪的原因，他踌躇不决，差一点因害羞而逃走。"哦，不，你还是自己来吧。"他说道，态度很坚决。她不明就里。

"我怕刺着自己。"过了好长时间，经过思考之后，他才拙劣地补充道。

"呦,你胆子可真小。"

当他把手放回方向盘时,她注意到,那只本应该为她把着别针的手在微微颤抖,过了片刻才镇定下来。

他们驱车走完了余下的路。余下的那段路大部分在空旷的野外,头上繁星闪烁。

"我从来没见过这么多星星!"她惊叹道。

"也许你还没有抬头看个够呢,"他温柔地说道。

临近最后,就在他们快到的时候,一种特别的温情在他心中油然而生。他甚至放慢了车速,扭头看着她。

"我想让你今晚过得愉快,帕特里斯,"他诚挚地说道,"我想让你今晚过得愉快。"

两人沉默了片刻,然后车子又加快了速度。

恶魔出现

就在那之后,接下来所演奏的舞曲是"三个小词",后来她回想起来。她只记得当时一直在演奏那支曲子,自从他们到达舞会现场,她就一直跟比尔伴着那支舞曲翩翩起舞。她没有左顾右盼,没有东张西望,什么也不想,心里只有他们俩。

跳舞过程中,她如醉如痴,感觉极好,一直微笑着。她的思绪如一条涓涓小溪,随着时间的流淌,欢快而流畅地在数不清的光滑的鹅卵石上潺潺流过。

我喜欢跟他跳舞。他跳得好,不必一直担心自己的脚被踩。他把脸转向我,低头看我,我能感觉到。于是,我要抬头看他,他对我报以微笑，但我偏不对他微笑。瞧，我就知道他会那样。我不要报以微笑。哦，那么，如果我报以微笑会怎样？我还没能克制住自己就已经面带微笑了。无论如何，我为什么不该对他报以微笑？对他，我感觉就是要发自内心地微笑。

一只手从背后伸过来碰了碰比尔的肩膀。她看到有手指一下子斜着向下滑落，来人就在她这一侧，所以她看不到是谁。

只听一个声音说："我可以打断一下，和她跳支舞吗？"

突然间，他们停了下来。比尔先停下来，于是她也不得不停下来。

比尔放开了她，有点不大情愿，但还是拖着步子走到一旁，于是另一个人取代了他的位置。犹如照相时两次曝光，一个人溶入另一个人。

她的双眼和新舞伴的双眼四目相对。他的目光一直在等待，她的目光傻乎乎地就撞上了，一时无法错开了。

接下来就是恐惧，纯粹的、彻头彻尾的恐惧。她有生以来还没有经历过这样的恐惧，灯光下的恐惧。她僵死在那里，身体直挺挺地立着，她感到死神正在召唤自己。

"我叫乔治森。"他悄声对比尔说。貌似他的嘴唇根本就没动。他的眼睛一直盯着她。

比尔在一旁帮他完成了介绍，令她恐惧。"哈泽德夫人，这是乔治森先生。"

"你好。"他对她问候道。

不知何故，这句老一套的问候语竟然比刚才最初的遭遇更加令她恐惧。内心深处，她极为恐慌，默默地惊声尖叫。她的双唇像上了锁，甚至不能呼出比尔的名字，根本无法让比尔阻止来人进行调换。

"可以吗？"乔治森问道，比尔只得点点头，换舞伴就这样完成了。想不换都来不及了。

接下来，停了片刻，感谢上帝，终于可以缓解一下。她感到自己的身体被搂住，脸落进他的肩膀造成的阴影之中，她又跳起舞来。她不再毫无支撑，不必直挺挺地站着了。嗯，倒是更好些了。可以思考一分钟，可以喘口气。

音乐声响起，他们接着跳舞。比尔的脸逐渐消逝在背景之中。

"我们以前见过，对不对？"

别让我昏倒，她暗自祈祷，别让我倒下。

他在等候答复。

不要说话，不要回答他。

"刚才那个男的说你是谁？"

她舞步蹒跚起来，跟不上音乐的节拍了。

"不要老逼我回答问题，我无法回答你。帮我……到外面去……否则我就……"

"您感觉很热？"他有礼貌地问道。

她没有回答。舞曲快放完了,她感觉也快要死掉了。

他说:"您刚才舞步乱了。恐怕是我给您带乱了。"

"不要……"她呜咽道,"不要……"

音乐停了,他们也停了下来。

他的一只手臂离开了她的背,但另一只手还是紧握着她的手腕不放,拉着她在自己身边站了一会儿。

他说:"外面有个游廊,就在那边,从那边出去。我先出去,在那里等你,我们可以……边走边聊。"

她几乎不知道自己在说什么。"我不能……你不明白……"她的颈项直不起来了,脑袋耷拉着,一直想努力把头抬起来,但就是做不到。

"我认为自己明白,我认为自己完全明白。我懂你,你也懂我。"然后他又可怕地进行了强调,话语令她寒彻骨髓。"我敢说我们俩之间的相互理解,强于此刻整个舞场上任何其他两个人之间的相互理解。"

比尔从一旁向他们走来。

"我会到外面我说的那个地方去。不要让我久等,否则……我就会再进来找你。"他的脸未改变,声音也未改变。"谢谢你陪我跳舞。"他说道。这时,比尔走到了跟前。

他没有放开她的手腕,而是把它交到比尔的手里面,仿佛她就是一件无生命的东西,一个玩偶。他鞠躬,转身,然后离开了他们。

"我在周围看到过他几次。来这里从不带女伴，我猜，"比尔无可奈何地耸了耸肩，"来吧。"

"不跳这支曲子。跳下一支。"

"你没事吧？你看上去脸色苍白。"

"是灯照的缘故。我进去补个妆。你去找别人跳一曲。"

他咧嘴冲她一笑。"我不想和别人跳舞。"

"那么你去……回来找我。跳下一支曲子。"

"好，下一支。"

她在门口外边看着他，只见他向酒吧走去，进去之后在一把高凳上坐下来。然后她转身向另一个方向走去。

她缓步向游廊上通往外面的那一排门走去，站在其中一扇门下，向外看着深蓝色的夜晚。藤椅三三两两一组，每隔几码的距离就有一组，围在每张小桌周围。

一张小桌旁，只见一个红色光点垂直升起来，那是有人在吸烟，站了起来。香烟一直向尾端燃去，在迫切地召唤她。那人已经等得不耐烦了，猛然把香烟向栏杆外侧扔出去。

她步履艰难地慢慢朝那个方向走去，感觉很奇怪，仿佛正走上一条不归路。她的双脚似乎有了自己的意志，想要生根，把她往回拉。

她在他面前停下来。他的屁股坐在游廊栏杆上，斜着身子，一副傲慢无礼的模样。他把刚才在里面问的问题又重复了一遍。"刚才那个男的说你是谁？"

天上的群星在动。它们在进行独特的旋转运动，犹如满天模糊不清的转轮焰火。

"你抛弃了我，"她强压心头怒火说道，"你抛弃了我，只给我五美元。现在你想要什么？"

"哦，如此说来我们之前见过。我想我们见过。很高兴咱俩看法一致。"

"够了，你想要什么？"

"我想要什么？我什么也不想要。我就是有点糊涂，仅此而已。我就想把事情搞清楚。那个男的刚才在那边介绍你时说的不是你的名字。"

"你想要什么？你来这里到底要干什么？"

"嗯，就是为了那件事，"他语气傲慢，而又不失礼貌，"您来这里又是为什么呢？"

她又重复了一次，"你想要什么？"

"难道一个大男人就不能对自己的前任和孩子表示关切吗？孩子可是我的，你知道。"

"你不是疯了就是……"

"我没有疯，你倒是真希望我疯掉呢。"他粗暴地说道。

她扭身想走。他见状用手一把抓住她的手腕，像一根鞭子抽在上面，鞭痕很深。

"别进去啊。我们还没有说完呢。"

她只得停下来,背对着他。"事已至此,我想我们没什么好谈的了。"

"这事你说了不算,决定权在我。"

他放开了她,但她还待在原地没动。背后火光一闪,她听到他又点燃了一支香烟。

他终于开口说话,嘴里喷出烟雾,嗓音不是很清楚。"你还没有把事情澄清呢,"他得意地说,"我一直迷惑不解。这位休·哈泽德于一年前也就是六月十五日在巴黎娶了……呃……姑且说是你吧……为妻。我花了大把的票子,大费周章终于核实了确切的日期。但一年前的六月十五日,你和我正住在纽约我们租住的仅有几件家具的小房子里。对此,我有房租收据为证。你怎么会同时身在距离遥远的两地呢?"他冷静地叹了口气。"肯定是有人把日期搞混了。不是他,就是我,"然后他的语速变得很慢,"再不然,那就是你。"

闻听此言,她不由得皱眉蹙额。她的头缓缓地环顾四周,身体依然背对着他。像一个受了催眠术的人,尽管不想听,也得听着。

"是你寄来的那些信?"

他装出一副和蔼可亲的样子点了点头,仿佛在赞美一件值得称赞的事。"我认为温和地点破这件事对你而言更好些。"

她已经厌恶至极,不由得打了个寒颤,倒抽了一口寒气。

"我在纽约偶然在那次火车遇难者名单中发现有你的名字。"他说道,稍作停顿。"我前往现场去'辨认'你,你知道,"他实事求是地继续说,"无论如何,你有今天是多亏了我,得感谢我才对。"

沉思中,他喷出一口烟。

"接下来我听到一件又一件事情,并根据事实进行推断。我先是回去一阵子……把房租收据弄到一起,理清一件又一件事……然后,出于好奇,我最终一路赶到了这里。当我知晓了其余故事后,"他讥讽道,"我还真是搞不明白了。"

他在等待她的回应,而她一言不发。终于,他似乎有点同情她了。"我知道,"他肆无忌惮地说道,"要叙旧……不是时候,也不是地方。这是个派对,并且你急于要回去,想玩个痛快。"

她不禁打了个寒战。

"我在哪里可以和你取得联系?"

他拿出一个笔记本,打着了打火机。她误以为他在等着按她的指令来写。她紧闭双唇,一言不发。

"塞内卡路382号。"他读出笔记本上的记录,重又把它收放好。他用手在他们中间懒洋洋地划了条曲线。然后是一阵沉默,其间她备受煎熬。过了片刻,他若无其事地建议:"请靠在那把椅子上,这样你就不会倒下了。你看上去站立不稳,我可不想当着众人的面把你抱进去。"

于是，她双手扶在椅背上方，静静地站在那里，耷拉着脑袋。

玫红琥珀色薄雾从开启的门口照射出来，遮住了露台中央一会儿，原来是比尔正站在那里找她。

"帕特里斯，我们该上场跳舞了。"

这时，倚在栏杆上的乔治森略微挺了一下身子，以示礼貌，随后又立即重重地往后倚去。

她步履艰难地向他走去，露台的蓝色阴影掩饰了她踉跄的步伐，她跟比尔进了大厅。从那时起，他的手臂就撑住了她，如此一来，她就不再独自支撑自己摇摇晃晃的身体了。

"你俩立在那里就像两尊雕像，"他说，"他不可能是位好伙伴。"

在相互缠绕的伦巴舞中，她突然倾倒在他身上，头一低靠在了他的肩膀上。

"他绝不是好伙伴。"她无精打采地赞同比尔道。

受到威胁

电话来得很不是时候，也可以说来得很是时候。

他对时间掐得很准。如果他能看穿房子的墙壁并能观察里面的各种举动的话，他掐时间就能再准不过了。家里的两个男人都外出了，她刚刚把休安顿在床上睡觉，她和哈泽德老妈都在二楼，这就意味着她是唯一适合接听电话的人。

她一听到铃声就知道电话那头是谁，为何事打来电话。她也知道自己一整天都在等这个电话，她知道他会打电话过来，他一定会打来电话的。

她站在那里，脚像生了根，不能移动。也许她不去接听，电话铃声响一会就不再响了,也许他就等烦了,不再拨打了。但是,过一阵子,电话铃声还会响起的。

哈泽德老妈打开自己的房门,探头向外张望。

在她走出房门之前,帕特里斯已经迅速打开了自己的房门,站在了楼梯口。

"我去接听电话好了,亲爱的,如果你脱不开身的话。"

"不用了,没关系,妈妈,我正要下楼去呢,还是我来接吧。"

她立即听出是他的声音。直到昨天晚上,她有两年多没有听到他的声音了,然而听起来仍然很熟悉,仿佛过去这几个月她一直都能听到他的声音。恐惧加快了她的回忆。

一开始,在电话上他还装得像是一个漫不经心打来电话的人,和蔼而冷淡。"请问您是小哈泽德太太吗?您是帕特里斯·哈泽德吗?"

"是的,是我。"

"我想您知道,我是乔治森。"

她当然知道,但是没有回答。

"您……在哪里可以和您再聊一聊?"

"我没有回答此类问题的习惯。我要挂掉电话了。"

看来怎么跟他说都不能使他丧失平静的心绪。"别挂电话,帕特里斯,"他说话依旧彬彬有礼,"我还会再打的,那样会使情况更糟。那样,他们就会想知道是谁三番五次不停地打来电话。或者，弄到最后，别人就会接电话，因为您不可能整夜都守在电话旁，要是有人问，我将不得不说出我的名字，并告诉接电话的人我想找的人是您。"他故意等了一会，好让她思考一下，然后乖乖就范。"您难道不明白，这种方式对您更好吗？"

她小声叹了口气，强抑心中的愤怒。

"在电话里我们不能说太多。总之，我认为最好不要这样。我是在麦克莱伦药房打的电话，就离您几个街区。我的车就停在拐角那里，那里不容易被发现，就在波默罗伊大街左侧，过了十字路口就是。您能步行过来吗？五到十分钟就可以，我不会留您太久的。"

她极力想像他一样讲话，冷漠而不失一本正经。"我极其肯定地跟你说不能。"

"您当然能来。您需要到麦克莱伦药房为你的宝宝买些鱼肝油胶囊，要不您给自己买点苏打水。我已经看到您不止一次在晚上到这里来买药。"

他在等待。

"要我再拨打过去吗？您愿意再想一会吗？"

他又陷入等待。

"别再打过来了。"她最后极不情愿地说。

她能断定他明白自己的意思：她的意思是肯定的，而非否定的。

她挂掉了电话。

然后,她又重新上楼。

哈泽德老妈没有问她什么事。在这个家里,他们从不爱打听。但她的房门开着。在这种情况下,一声招呼也不打,直接进入自己的房间,帕特里斯觉得说不过去。良心发现,这么快就有了负罪感?她扪心自问。

"妈妈,有个叫做斯蒂芬·乔治森的人打来电话,"她走进去说道,"比尔和我昨天晚上在舞会上遇到他。他想知道我们昨晚玩得是否尽兴。"

"嗯,他想得真周到,是不是?"然后她又补充道,"他那样做,一定是位正派的人。"

正派,帕特里斯想到这里,闷闷不乐,退出房间,轻轻地把门在身后关上了。

过了大约十分钟,她重又出了自己的房间。哈泽德老妈的门此刻是关着的。无人问她,她本可以直接下楼去的,但她还是不能那么做。

她走过去,轻轻敲了敲门,以引起注意。

"妈妈,我想步行去一下药店。休的爽身粉用完了,我也想出去透透气。五分钟后我就回来。"

"去吧,亲爱的。我现在就跟你道声晚安,以免你回来的时候我已经睡着了。"

她把伸出去的手无助地扶在门上,过了片刻。她真想说,妈妈,别让我去，快阻止我，让我待在这里。

她转身下楼。那是她自己的战斗，不允许代理人参加。

车子就停在黑漆漆的波默罗伊大街，她走到车旁停下来。

"坐到车里来，帕特里斯。"他亲切地说道。他没有起身，而是坐在座位上为她打开车门，甚至还用手拍了拍皮坐垫，好让她领情。

她在离他较远的座位一侧坐下来，两眼一闭，拒绝了他试图递给她的香烟。

"有人能看到我们。"

"转向这边，面朝我，背对着大街，没人会注意到你。"

"不能照这样下去。现在，干脆点，第一次也是最后一次，你到底想从我这里得到什么，到底是怎么回事？"

"瞧瞧，帕特里斯，关于这件事完全没必要有什么不愉快。在你心中，你似乎自己在那样想，我可没有那样……都是你自己那样想。至于事情的发展，我不认为会有什么改变……直到昨晚之前。之前，只有你自己知道整个事情的经过，现在是只有你和我知道。就此打住。也就是说，如果你想的话。"

"你约我出来，不是说这个的。"

他突然改变话题。或者说，貌似换了个话题。"我从来不成器……不像我希望的那样成器，我想是这样。我的意思是说，我从来没有得到我应该得到的，就像我曾经期望的那样。有很多人是这个样子。我时常发现自己陷于困顿，经常捉襟见肘。跟小伙子们打打小牌，这样的和那样的。你知道是怎么回事。"他自我解嘲地笑道，"多年来一直这样，没什么变化。可是我想知道你是否愿意帮我个忙……这次。"

"你是在问我要钱。"

她几乎感到恶心，赶紧把脸转开。

"我真没想到在……监狱外面还有你这号人。"

此刻，他很和蔼，也很宽容。闻听此言，他笑道："你处的环境非同寻常，很能吸引'我这号人'。如果不是这种情况，你仍然不会想到世上还有这种环境，你也不会知道有什么区别。"

"假如我现在主动找到他们，把我们刚才的谈话内容告诉他们，我的小叔子准会找到你，把你揍个半死。"

"我们要把咱俩的关系弄得天衣无缝，无懈可击。我不明白为什么女人们会过分地认为揍一顿就能解决问题呢？也许是因为她们还没有习惯暴力的缘故吧。揍一顿对一个男人而言，不算什么。过半个小时，一切就都过去了，他还跟以前一样平安无事。"

"你应该知道。"她咕哝道。

他用一根手指轻叩另三根的指尖。"有三种不同的方案。第一种，你去告诉他们；第二种，我去告诉他们；第三种，我们依旧维持现状。到底选哪一种方案，我的意思是说，你帮我个忙，我们不再谈论此事，一个字也不提了。不再有第四种方案。"

他耐着性子轻轻摇了摇头,表示不同意。"你过分夸大了一切,帕特里斯。那就是始终如一小气的标志。你是个小气的姑娘,这就是咱俩之间的基本区别。据你来看,我也许是个无赖,但我有某种特性。你想象着我会大步跑到你家里,摊开双臂大声宣布,'这个姑娘不是你们的儿媳妇!'根本不会。那样对他们那样的人根本不起作用。那样做会弄巧成拙。我要做的就是让你用自己的嘴,当着他们的面,来谴责你自己。你不能拒绝我进入那座宅子。'帕特里斯,你和休生活在巴黎时,你们住在哪一岸,左岸还是右岸?''还有,你们回来时所乘坐的船叫什么名字?''嗯,那一天我碰到你和他……哦,你忘了告诉他们我们之前见过面,帕特?……为什么你现在跟以往相比,看上去大不一样了?你看上去根本不像原来那个姑娘了。'如此种种,直到你彻底崩溃,乖乖投降为止。"

他说得出,做得到。整个事情经过,他表现得太不近人情了,真真是个危险人物。不激动,不冲动,也无情感因素使问题复杂化。一切都提前计划过,策划过,跟踪过。对,打过草稿,跟踪调查,每一步都如此,甚至那些钱也是如此。她此刻知道那些来信的目的了,根本不是什么诽谤匿名信。它们对整个事情的长期规划一直很重要。心理战,神经战,提前把她击垮,在实施主攻前就摧毁她的抵抗力。往返于纽约所进行的侦探之旅,就是为了弄清楚他自己的根据,以确保毫无破绽,不留给她任何漏洞。

他的手掌边缘从方向盘上悄悄滑落,仿佛在抹去一粒灰尘。"在这件事中没有坏人。让我们脱去维多利亚式的服饰,不要假正经了。这只是一桩商业交易,无异于投保,真的。"他扭头看着她,装出一副直率的样子,乍看竟然很动人,"你难道不想实践一下吗?"

"我想是这样的,我应该跟你一样内行。"她没有试图突出自己的轻蔑。她知道,即使那样也没有用。

"如果你不再古板地迷信善行和恶行,摆脱是非黑白,整个事情就变得非常简单,甚至不值得我们坐在车内花费一刻钟的时间来讨论了。"

"我自己没有钱,乔治森。"她乖乖投降,听凭摆布。

"人所共知,他们家是城里最富有的家庭之一。为什么不专门想一想呢?让他们给你开个账户。你又不是小孩子了。"

"我不能一下子就要求他们做这么一件……"

"你不用要求,办法有的是。你是女人,对不对?非常容易,女人知道如何处理这类事情……"

"我得走了。"说着,她用手去摸车门把手。

"我们达成共识了吗?"他为她打开车门,"过一阵子,我会再给你打电话。"

他停顿了一会儿。威胁无形,他懒洋洋慢吞吞地拖着长腔说话,声调甚至没有一丝改变。

"别忘了,帕特里斯。"

她下了车。车门砰的一声关上了,于她看来,这就是给他的一记无形的耳光。

"晚安,帕特里斯。"他亲切地在她身后拖着长腔说道。

自我厌恶

"……非常简单,"她欢快地说道,"它有一根材质相同的带子,然后在这里缝上一排纽扣。"

她故意只跟哈泽德老妈说话,而将家里两个男性排除在外。不错,这种话题本身就足以成为那件事的借口。

"天呐,你为什么当初不买下来呢?"哈泽德老妈想知道原因。

"我买不成。"她不情愿地说道。她停顿了片刻,接着补充道,"不行……当时,在那里。"说完,她玩弄起餐叉来。心情不振。

他们一定认为她脸上的表情是因为没买成而失望。其实不是,那是对自己的厌恶。

你不用公开要求，办法有的是。你是女人，对不对？非常容易，女人知道如何处理这类事情。

此刻，这就是其中一个办法。

爱你的人对你是毫不设防的，她痛苦地想道。利用这种自愿的不设防是多么邪恶，简直就是造孽。我如今就在干这样的事。耍诡计，设圈套，搞阴谋，这些都是对付陌生人的手段，如此种种，只应该针对这样的人，而不能针对那些爱你的人。趁他们放松警惕，趁他们信任地闭上眼睛。

想到这里，她不禁骤然起了一身鸡皮疙瘩。她感到自己真下流，真肮脏，真可憎。

哈泽德老爹插入谈话。"你为什么不记账，让人送家里来？你可以使用妈妈的账户。她经常买东西。"

闻听此言，她把眼睛低垂。"我不想那样做。"她欲言又止。

"胡扯……"他突然不说话了。仿佛有人在餐桌下猛地在他的脚上踩了一下。

他发现比尔在看她。这一眼似乎比正常的一瞥时间要长些。她刚想证实这一点，他就把目光移开了，重新开始用餐叉叉起馅饼，塞到自己的嘴里面。

"我想我听到休在哭。"她说道，一把扯下餐巾，赶紧跑到楼梯口去听究竟。

但是，在听楼上面的动静时，她不可避免地偷听到哈泽德老妈在身后的餐厅里谨慎的说话声,老太太一字一顿,非常严厉。

"唐纳德·哈泽德,你应该为自己感到羞耻。所有的事情都要让你这个老爷们知道吗?你难道没长脑筋吗?"

专属账户

早晨,哈泽德老爹逗留在餐桌旁,她下楼时就注意到了,他没有像往常一样,早早跟比尔离开。她喝咖啡时,他一直坐着静静地看报纸。她想,他的举止中有一丝自鸣得意的神采,深藏不露。

当她起身时,他也随着一起站了起来。"戴上帽子,穿上外套,帕特,我想让你跟我乘车外出。这位年轻的夫人和我要到市中心办事。"他向哈泽德老妈宣布道。老太太试图呈现一副茫然不知情的模样,但总体来看不成功。

"可是休的喂食怎么办?"

"我来喂他。"哈泽德老妈沉着答道。

"你会及时赶回来的。权当我向你借的。"

过了片刻,她上了车,坐在他旁边的副驾驶位置。他们启动了车子。

"今天上午,可怜的比尔这下子得走着去上班了吧?"她问道。

"比尔真可怜!"他嘲笑道,"走走对他有好处,那个大笨蛋。我要是有他那两条长腿,我巴不得要走着去呢,每天早晨都走着去。"

"您要开车带我去哪里?"

"此刻不劳你操心。别问,等到了那里,你就明白了。"

他们在银行前面停下来。他示意她下车,领他进了银行。他跟其中一位保安悄悄说了点什么,然后就跟她坐在长凳上等了一会儿。

时间很短,那位保安回来了,显而易见,这次态度是毕恭毕敬。他带领他们向一个房间走去,门上写着"经理室,非请勿入"。他们还没有到门口,门已经打开了,只见一个稍微发福的矮个男子,鼻梁上架着一副角质架眼镜,正满脸堆笑地迎候他们。

"进来吧,见一见我的老朋友哈维·惠洛克。"哈泽德老爹对她说道。

他们在这间非请不得入的办公室里面的舒适皮椅上坐定。两个男人分享了雪茄。

"哈维,我给你介绍个新客户。这是我儿子休的媳妇。倒不是我认为你这家破旧银行有什么好，不过……嗯，你知道是怎么回事，只是习惯，我想。"

这位经理听了，貌似很受用，笑得全身都在摇动，仿佛他们之间开这种玩笑已经很多年了。他向帕特里斯眨了眨眼。"你说得一点没错。便宜卖给你算了。"

"有多便宜？"

"二十五万。"说着，他把必要项目填入一张表格，仿佛所有的信息他都了如指掌，召之即来，根本不需要询问。

哈泽德老爹摇了摇头。"太便宜了。肯定不是什么好货。"他索性把一张长方形的淡蓝色纸面朝下一把拍在桌子上。

"你想好了再告诉我。"经理冷冰冰地说道。同时，把自来水笔递给她："请在这里签字，宝贝。"

冒名顶替者，她严厉地自责。她签好字，递了回去，眼睛一直没往上看。那张条状淡蓝色纸跟它别在一起，然后送了出去，拿回一本小黑本。

"给你的，宝贝。"经理隔着桌子递给她。

她打开来，不经意地看了一眼。与此同时，那两位又开始了友好的唇枪舌剑的争论。本子很干净，还没有用过。顶上写着"休·哈泽德太太"。今天只有一条记录，是存款。

"5000美元。"

无耻敲诈

她站在那里，手里拿着那只小圆筒，呆呆地凝视着它，仿佛搞不清楚里面到底有什么。她那样拿着时间可不短了，实际上什么也没有看到。最后她倾斜了一下，把里面的东西都倒入洗澡盆里。空筒可比半筒强多了。

她走出去，关了房门，穿过大厅，轻轻地敲门。

"妈妈，我想出去走走。休刚才洗澡时把整筒爽身粉弄翻，掉到浴盆里了，趁我还没忘，想赶紧再买一筒回来。"

"好的，亲爱的。走走对你身体有好处。哦，对了，你到那里的时候，帮我买一瓶洗发水，亲爱的。我现在的只剩下最后一点了。"

她感到有点恶心,一开始她就非常清楚。欺骗爱你的人很容易。可是,你真正欺骗的是谁——他们还是自己?

他的一只胳膊很随意地搭在车门上,胳膊肘朝外。车门打开了。他没有起身,只是在座位上不慌不忙地挪动了一下。他的懒散行为所表现出来的想当然,对她毫不为意,比公然的无礼更伤害人,更侮辱人。

"很抱歉我不得不打那个电话。我以为你忘记了我们的谈话。已经有一周多了。"

"忘记了?"她嘲讽道,"我倒是希望能那么健忘。"

"自从我们上次会面之后,我发现你已经成为标准托拉斯银行的一名储户了。"

她不由得看了他一眼,深感震惊,没有回答。

"账户余额五千美元。"

她不禁快速倒抽一口气。

"银行柜员为一根雪茄,什么都说,"他微笑道,"怎么样?"

"我身上没带钱。我还没有使用过那个账户。明天上午我才能去兑现一张支票并……"

"每个账户,银行都会给一个支票簿,对不对?那个你很可能带来了……"

她看了他一眼,惊讶不已。

"我的口袋里正好有一支自来水笔。我把仪表盘上的灯打开片刻。让我们把事情了结了吧,越快越好。好了,我来告诉你怎么写。付给斯蒂芬·乔治森,不兑现也不记名,五百美元。"

"五百美元。"

"那只是理论上。"

她没有领会他的意思,而且非常不小心就让他蒙混过关,却没有阻止他。

"好了,然后签上你的名字。还有日期,如果你想写的话。"

她突然停了下来。"我不能这样做。"

"抱歉,你必须得写上。我不想用其他方式,我不接受现金。"

"但是这张支票通过银行时,上面有我们两个人的签名,我是付款人,你是收款人。"

"每个月通过银行的支票如洪水般涌过,不大可能会有人注意到它。它可以是休欠我的债,你知道,而你是在替他还债。"

"为什么你如此急于拿到支票?"她犹豫不决地问道。

他的嘴角露出一丝狡诈的微笑。"如果我不反对,你为什么要反对呢?这对你有利,对不对?我这样做对你有利。它通过银行兑现后就又回到你的手中。如果你要起诉我,你手里就拥有实物证据来告我敲诈。这一点到目前为止,你还不明白。记住,到目前为止,你只是口头上反对我,我可以矢口否认发生的一切。一旦这张支票通过银行兑现,你就有了活证据。"

说到这里,他的语气比刚才还要尖刻一些。"该结束了吧?你急于回家，我也急于离开这里。"

她把写好的支票和自来水笔递给了他。

拿到支票，他又笑了。一直等她下了车，他才扭动钥匙发动汽车。他说话的声音比低沉的马达声高，"你的思考不够清楚，也不够快，是吗？这张支票，如果通过银行兑现之后回到你手中，将是控告我的证据。但是，如果我保有它，一直不去银行兑现……那么，它就是控告你的证据了。"

车子一溜烟开走了，留下她站在原地。无可奈何地看着它远去，她顿感心烦意乱，惊慌失措。

威胁升级

她沿着夜幕笼罩下的大街,几乎是跑着奔向那辆汽车,仿佛害怕它突然启动开走,这跟前两次很不情愿地走向它不同。一够到车门,她就两手紧紧抓住车门顶端,仿佛是要寻求支撑。

"我受不了了!你到底想对我怎样?"

他自鸣得意,嬉皮笑脸,眼眉向上一扬。"怎样?我一直没把你怎样啊。我一直没有靠近你,过去三周我一直没有见过你。"

"那张支票没有被取款。"

"哦,你已经拿到银行对账单了。对,昨天是本月一号。我想昨天一整天你应该很煎熬,我一定忽视了这一点……"

"不,"她愤恨地说道,"那种事情你绝不会忽视,你这个邪恶的吸血鬼!你难道害我还不够多吗?你到底想要干什么,要把我彻底逼疯……"

他的态度突然改变,紧张起来。"请上车,"他爽快地说,"我想跟你谈谈。我要带你兜一圈,大约一刻钟。"

"我不能陪你兜风。你怎么能要求我那样做?"

"我们不能只是静静地待在一个地方,谈来谈去,那样更糟。我们已经那样谈过两次了,这次我们可以绕湖兜上一两圈。这个点没有人,我们也不停车。把你的衣领竖起来挡住你的嘴。"

"你为什么拿着那张支票?你想要干什么?"

"等我们到了那里再说。"他说道。接下来,他们到了之后,他冷冷地、不动声色地回答了她,仿佛中间没有中断。

"我对五百美元不感兴趣。"

她一时不知所措。她不具备能够看穿他的动机的能力,这令她惊惶失措。"那么,把那张支票还给我,我再给你写一张大的,这次我给你写一千美元。只是,你先把那一张还给我。"

"我不想多要钱,给多少钱我都不想要。你难道不明白吗?我想让那钱属于我,随便怎么花。"

她的脸色突然一片煞白。"我不明白。你到底想跟我说什么?"

"根据你脸上的神情,我想你快明白了。"他把手伸进口袋去摸,取出点东西。原来是个信封,早就封好了,就等着加盖邮戳寄出去了。"你问我支票在哪里,就在这里面。喏,读一下上面写的什么。不,不要从我手里拿走,你就在座位上看看就行了。"

考菲尔德
帝国大厦
哈泽德和罗林
唐纳德·哈泽德先生 亲启

"不……"她简直不能清楚地说话了,只能拼命摇头,一时无法自控。

"我要把它寄到他的办公室,那里你无法拦截。"说着,他把那封信又放回自己的口袋。"在考菲尔德,邮政局每天最后一次取信是在晚上九点。你可能不了解这个,但我最近通过调查已经搞清楚了,波默罗伊大街上有一个邮筒,离前两次我们见面停车的地方就几英尺远。那里周围漆黑一片,没人注意,我要把信投入那只邮筒。然而,取信人直到九点十五分才到,我已经连续几个晚上跟踪调查,测定他取信的时间,最终弄清了平均时间。"

他用手示意她不要说话,继续说道:"那么,如果你比取信人先到那里,这封信就留在邮筒的斜槽口外面。如果他到了,你还没有赶到,我就会把它投入邮筒。你有一天的宽限时间,直到明天晚上九点十五分。"

"可是你让我到那里干什么？你说过你不想要更多的……"

"我们要驱车到黑斯廷斯，就是附近的一个镇子。我打算带你去见那里的一位法官，他会让我们结为夫妻。"

一时间，她满头大汗，脑袋往后一仰靠在座位顶部。见状，他放慢了车速。

"我原以为他们不会再昏过去……"他开口道。然后，当他看到她又努力挺直身体，并用手背马马虎虎擦了一下眼睛，遂又说道："哦，我明白他们不会，他们只是会有点晕，是吗？"

"你为什么要这样对我？"她忍无可忍问道。

"我能想起好几条充足的理由。据我看，这笔交易更安全，比迄今为止我们所进行的要安全。没有翻盘的机会。法律上说，妻子不能作出对自己丈夫不利的证明。那就意味着任何一位拿到服务费的律师在你能够开口前都会把你从证人席上赶走。接下来，还有更多实际的考虑。老两口不会永远活着，你知道，现在老太太命悬一线，没有了她，老头子也撑不了多长时间。他们相濡以沫，感情笃定，我知道这一种类型。当他们一走，你和比尔之间的财产分割就不平等了……别看上去这么恐惧，他们的律师还没有具体谈过，但这是个小城，这类事情甚至无需张扬便会家喻户晓。我可以等一年，甚至两三年，如果必须要等的话。法律规定丈夫获得妻子三分之一的财产。四分之三的……我也许低估了，但是粗略算来，我得说有四十万，那就是三十万，那么它的三分之一就是……不要那样捂上耳朵,帕特里斯,你怎么看起来像是玛丽·科莱利笔下小说中的一个人物啊。"

他刹住车。"你可以从这里下车,帕特里斯。够近了。"然后他咯咯笑了几声,看着她艰难地向人行道走去。"你确信能走稳当吗?我不愿意让他们认为我不断地灌你喝……"

他最后说:"确保你的表跑得不慢,帕特里斯,因为美国的邮政局总是很准时。"

被迫结婚

他的车灯射出的两道光柱犹如犁铧不断地犁开他们前面的道路，似乎是在抛开黑暗的表层土壤，露出硼砂一样的白色填料，并溢得路面上到处都是。而在他们身后，青灰色的犁沟又立即愈合在一起，淹没在黑暗之中。

他们驱车前进，仿佛过了好几个小时，谁也不说话，然而都敏锐地觉察着彼此的一举一动。许多树木掠过，自下而上，沿着树干，被不断移动的车灯照亮，朦朦胧胧，反射出诡异的光。间或没有树木，全都退到后面去了，代之以长毛绒样的黑色平坦地带，她想那不是田地就是草坪，因为闻起来更加芳香。是苜蓿草的清香味。周围是美丽的乡村,对任何一个身处地狱般煎熬之中的人来说,看到如此景色,闻到如此味道,都会感觉漂亮不凡。

道路也偶有岔路,但他们不走岔路,继续沿着这条宽而直的道路驱车前进。

他们经过一块间接发光的白色标牌,跟道路呈合适的角度,行人经过时正好能看见。上面写着"欢迎来到黑斯廷斯,"下面是"人口……"和一些数字,字太小,还没看清就过去了。

她不禁回头瞥了一眼,满心恐惧,不能动弹。

他没有直接看她,但显然看清她的举动了。"过了州界了,"他冷淡地说道,"人们都说,旅行使人大开眼界。"她的腕表显示时间是九点四十五分。原来他们驱车仅半个小时就到了这里。

他们驱车经过城中心大广场。有一家药店还没有打烊,他们经过时,发现有两个旧式的坛子盛着彩色的水,闪烁着翠绿色和淡紫色的光,这在从前是所有药店橱窗的一个特征。一家电影院内部仍然在上映影片,但从外面来看很快就要打烊了,电影院入口处的遮檐已经灭灯,大堂也很昏暗。

他将车开进了一个小巷,两旁树木林立,投下浓密的阴影,穿行其中如置身隧道。两旁的房屋后面都有一块草坪,所以从车行道来看,它们很不显眼。一个爬满常春藤的门廊深处射出昏暗的灯光,吸引着他。他突然将车向人行道开去,往后退了一点,在那个门廊对面停了下来。

他们没有立即下车,而是在车里坐了片刻。

然后,他从自己这一侧下了车,来到她那一侧,为她打开了车门。

"进去吧。"他简短说道。

她没有动,也没有回答。

"来吧,跟我进去吧。他们正等着呢。"

她没有回答,也没有动。

"别这样傻坐着。之前,我们在考菲尔德都讲好了。快走啊。说句话,好不好?"

"你想让我说什么?"

他不耐烦地拍了一下门,然后又拍了一下,仿佛中间要缓上一缓。"控制住自己的感情。我先过去,让他们知道我们已经到了。"

她目送他走开,感觉自己有些麻木,仿佛即将进行的一切是发生在别人身上,而与自己无关。她听到他踩在通往那幢房子的木地板小径上发出的脚步声。她甚至在自己待的地方能听到房子里面的门铃声,这不足为奇,因为周围太静了,只有头顶上树中传来有翅类昆虫发出的嗡嗡声。

她自忖道:他怎么知道我不会启动车子开走呢?她自问自答:他知道我不会。他知道那样做太迟了,正如我自己也知道一样。中止,取消,匆匆离开,为时已晚。那本应该发生在很久以前,今晚之前机会有的是。在驶往考菲尔德的火车包厢里可以,火车轮子警告自己的声音里可以，第一封信来的时候可以，第一个电话打来的时候可以，第一次步行去药店的时候也可以。我被紧紧地禁锢在这里，仿佛被他戴上了手铐。

她此刻听到了有人说话，是一个女人的声音。"不，没关系。您选的时间很好。进来吧。"

门开着，亮着灯。站在那里的人都进了屋。他向她走来，又听到他踩在木地板小径上的脚步声。她的双手紧握住座椅边缘，插进皮坐垫下。

他走到她面前，站在那里。

"来吧，帕特里斯。"他随口说道。

他说得漫不经心，实事求是，可不是在演戏，这让她充满恐惧。

她说话也很平静，跟他一样平静，但她的声音却如一条松弛的嗡嗡作响的线一样微弱，模糊不清。

"我不能做这件事，乔治森，别让我这样做。"

"帕特里斯，我们已经讲好了。几天前的晚上，我跟你说过，当时就说定了的。"

她用双手捂住脸，又迅速移开。她不断地重复着几个字，脑海中能想到的就是那几个字。"可是我不能这样做。你难道不明白吗？我不能这样做。"

"没有任何妨碍。你跟谁也没有结过婚，即使是你假装的这个角色，你也没有嫁给任何人，更不用说你自己了。这些我在纽约都调查清楚了。"

"斯蒂芬，听着，我现在叫你斯蒂芬。"

"那也感化不了我，"他诙谐地向她肯定道，"那是我的名字，就是要让人叫的。"他向她闭了下眼睛。"那是别人给我起的名字，不是我自己要叫什么——帕特里斯。"

"斯蒂芬，我从没有在你面前求过你。在所有这些月份里，我已经像个女人一样接受帕特里斯这个名字。斯蒂芬，如果你还有一点人性，我恳求你……"

"我实在是太有人性了，那就是我为什么如此喜欢钱的原因。但是你误会了，那正是我的人性，正因为如此，你的请求一点也没有用。来吧，帕特里斯。不要再浪费时间了。"

她拼命沿座位边缘向里面缩去。见状，他用手指敲打着车门顶部，哈哈笑了几声。

"你为什么这么害怕结婚？让我给你弄清你厌恶结婚的真相吧，也许我能消除你的恐惧。这里面没有个人吸引力，你对我没有任何吸引力。我对你只有蔑视，你只不过是个不值钱的、爱耍小花招的小傻瓜而已。只要一回到考菲尔德，我就又把你放到你所永远钟爱的家门口的台阶上。这将是个纸上婚姻，从措辞的各种意义上来说都是，但它得坚持，一直坚持到苦涩的结局。现在，我这番话能打消你一本正经的不安吗？"

她用手背擦了擦眼睛，仿佛一阵风刚刚模糊了她的眼睛。

他猛地打开了车门。

"人家都在那里面等着我们呢。来吧,你这样只能把事情弄得更糟。"

他开始变得冷酷无情起来。她的反对使得他怒火中烧,但表现出来却恰恰相反,是致命的冷酷。

"瞧,我的朋友。我不打算揪着你的头发把你揪到那里。这件事不值得那样做。我这就进去,一会儿我就从这里给哈泽德家打电话,现在告诉他们整个事情的经过,然后我开车把你送回到接你的地方。他们就会来接你,如果他们还想要你的话。"他越过车门稍向她斜着身子。"看着我,你看我像是在开玩笑吗?"

他说得出,就能做得到。那番话不是虚张声势,而是赤裸裸的恐吓。那可能是一种威胁,他不愿意付诸实施,但那不是说说而已,他很不高兴,眼神冷酷,可以看出他很厌恶她。

他转身离开车子,重又走上那条木地板小径,这次较之以前,走得更猛,走得更快。

"不好意思,我可以麻烦您一会儿……"她听到他一进入开着的门口就开口说,然后他走向屋里,其余的话无法听清楚了。

她挣扎着下了车,像一个梦游的人紧紧抓住打开的车门。接下来,她步履蹒跚地沿着那条木地板小径走上门廊,摇摇晃晃地倚在常春藤上,常春藤发出一阵沙沙声响。然后,她继续朝开着的门口投射出的长方形灯光走去,进了屋子。一路走来,她好像是在齐膝深的水里挣扎前行。

一位中年妇女在玄关处迎了上来。

"晚上好。您是哈泽德太太吗？他在这里面。"

她带领帕特里斯向左边的一个房间走去，推开了一扇老式的推拉门。他正站在里面，背对着她们，旁边是一个老式的电话箱，用支架固定在墙上。

"年轻的夫人来了。你们俩准备好了，可以一起到书房来。"

帕特里斯把推拉门在身后关上。"斯蒂芬。"她说道。

他转过身来，看了看她，然后又转过身去。

"不要……她会没命的。"她央求道。

"那俩老东西迟早会死的。"

"电话接通了吗？"

"他们现在正在为我拨打考菲尔德。"

那绝不是在耍花招。他拿着听筒贴在耳朵上，手指并没有靠近听筒挂钩。原来他真的在实施行动。

她张了张嘴，喉咙处噎住了，说不出话来。

他再次环顾四周，较之以前，看得不仔细。"你彻底决定好了吗？"

她没有点头，只是眼睑下垂，眼睛闭了片刻。

"接线员，"他说道，"请取消那个电话。打错了。"说完，他挂上了听筒。

她感到有点恶心眩晕，如同站在高处往下看，然后再退回去时的感觉一样。

他走到推拉门边，猛力把门拉开。

"我们准备好了。"他的声音穿过大厅，传到书房里面。

他向她曲起手臂，手背向外，轻蔑地倾起胳膊肘，好让她挽住。这么做时，他甚至都没有环顾四周，看她一眼。

她走上前来，挽住他的胳膊，两人朝书房走去。书房内，有人正准备为他们举办结婚仪式。

杀意渐生

正是在回来的路上,她知道她要杀死他。必须要杀死他,此刻她知道那是余下的唯一要做的事情。她心里想,要是早动手就好了,很久以前就应该动手。她跟他一起坐在车里的第一个晚上,如果那时得手,情况就好得多了。那样的话,就没有今天晚上的极度恐惧和羞辱了。当时,她没有想过这件事,从没有想过要去杀人。内心总是在斗争,努力想用其他方式摆脱他。不以这种方式除掉他,永无宁日。

但现在,就在今晚,她知道自己打算要这么做了。

一路上,自从离开那个法官的家,他们就没说一句话。为什么要说话？有什么可说的？此刻，除了这最后一件事，还有什么可做的？车子驶离黑斯廷斯大约四英里，面前出现一个底部涂白的电话线杆。就像那个线杆一样，那个想法突如其来。她仿佛穿过了一道电眼光柱，光柱就是从那个线杆上射出，穿过了道路。在它一侧，仍然只是被动的绝望，那是她的宿命论。而在另一侧，决心越来越强，不屈不挠，不可改变。我要杀了他，就在今晚，在黑夜结束之前，在曙光来临之前。

他们俩谁也没说话。他不说话，是因为他志得意满。他已经完成了要做的事情。他满意地轻轻吹起了口哨，吹了一小会儿，然后不再吹了。她不说话，是因为她感觉自己完蛋了。用最能体现这种感觉的词来说，就是一败涂地。她甚至没有再感到心痛。思想斗争已经结束，此刻，她精神麻木了，头脑甚至还不如那次火车相撞之后清醒。

一路上，她双眼紧闭，如同一位参加葬礼归来的妇女，所有值得保留的东西都被埋葬了，而所有留在地面以上给她的东西都不值得再看了。

她听到他终于开了口："哎，有那么糟糕吗？"

她没有张开眼，机械地答道：

"你在哪里？现在你还想让我干什么？"

"确切地讲，什么也不想了。你回去还是过原来的生活，这就是咱俩的区别。那件事，我想让它维持现状，明白吗？直到我准备好了，不要跟那家人提起一个字。那是我们俩的小秘密，不能让外人知道。"

他害怕如果他公然带走她，他们就会改变遗嘱，她猜想。并且他害怕如果他把她留给他们，他们会知道此事，他们就会废除那份遗嘱。

你怎样才能杀死一个大男人呢？这里什么也没有，没门。这片乡野一片平坦，路面平直。如果她猛抓方向盘，试图使车子失控，也不会有什么恶果。你需要陡峭的地方，距离短的急弯。汽车在缓慢移动，跑得不快。那样做，也许只能使车子滑进泥里，撞上电话线杆，稍微震动他们一下而已。

另外，即使那种方式可行，她也不想跟他一块死。她只想让他死掉。她还有一个挚爱的孩子，还有一个她所爱慕的男子。她想活着。她一直都不想死，这种愿望难以消灭，现在也一直有。尽管她很麻木，这种愿望也一直倔强地在她心中忽隐忽现。什么也不能将它熄灭，要不然，在此之前，估计她很可能早就盘算着采用另一种方式了。

哦，上帝啊，她在心中大喊，我要是有一把……

突然，她知道怎么办了，知道如何去做了，因为她感觉到下一个一下子闪过她脑海的词是"枪"，这个词一闪现，祈求就有了答案。

在家里的书房，某个地方藏着一把枪。

几个月前简短的一幕映入脑海,一直埋藏在那里,现在突然重现,非常清晰,恍如刚刚发生。台灯亮着,发出令人舒适愉悦的光芒。哈泽德老爹,坐在旁边,读一本书,很晚了还不愿离去。除了她,其他人都去睡觉了。她在他的前额吻了一下,最后一个离开他。

"要我帮您锁上门吗?"

"不,你走吧。我过会儿就走。"

"那您别忘了?"

"不,我不会忘记的,"然后,他不动声色地咯咯一笑,"别紧张,在这里,我有很好的防护,没人敢对我无礼。我旁边一个抽屉里面有一把左轮手枪,专门对付窃贼的。那是多年前妈妈的主意,从那之后,枪一直都在,可连一个窃贼的毛也没有见过。"

她对这个夸张的笑话报以哈哈大笑,深信不疑地告诉他说:"我想的倒不是小偷,而是担心半夜突降暴雨,糟蹋了妈妈最好的窗帘。"

当时,她笑了。但现在,她没有笑。

现在,她知道哪里有枪了。

你把手指一勾,一扣扳机。于是,你就太平了,你就安全了。

他们的车子停了下来,她听到自己这一侧的车门啪嗒一声开了。她抬起眼睛。他们已经置身于一条茂密树木夹峙的街道中。她认出了左右对称的树木,认出了每一侧的斜坡草坪,认出了后面私家住宅的轮廓。他们已经到了她家所在的街道,离她家大约有一个街区。他很狡猾老练，故意把她放在离家门口足够远的地方，好不被察觉。

他坐在那里，等着她领会那个暗示，自己下车。她机械地看了看腕表，还不到十一点。事情发生时，一定是十点左右。他们回来的路上花了四十分钟，比去的时候开得慢。

看到她在看表，他讽刺地笑道："结个婚花不了多长时间，对吧？"

弄死你也花不了多长时间，她强抑心中的怒火，想道。

"你难道……难道不想让我跟你一起走吗？"她低声说道。

"为啥？"他厚颜无耻地说道，"我不要你，我只想要最终……你带来的东西。你上楼到你清白的小床上去吧（不管怎样，我相信床是清白的。比尔也住在那幢房子里）。"

她感到自己的脸热乎乎的，但什么都无关紧要，什么都不重要，除了一个街区外那把枪，并且他就在这里。他们俩必须得见一面。

"维持现状，不要轻举妄动，"他警告她道，"如今，不会再有出乎意料的出城小游了，帕特里斯。除非你想让我突然前进一步，声明我就是那个孩子的父亲。现在，你知道，我有法律支持。我会直接报警。"

"那么……你愿意在这里等一会儿吗？我……我马上就出来。我给你去拿点钱。你会用些……直到……直到我们再次相聚。"

"这算是你的嫁妆吗？"他讥讽道，"这么快？嗯，实际上，我不需要。这个城里的人牌技很差,我经常赢他们。总之,为什么要把已经属于我的东西给我呢?跟喂鸟似的。我可以等,不要跟我客气。"

听罢,她很不情愿地下了车。

"万一我必须要见你,在哪里能找到你?"

"我就在周围。你会不时地收到我的信,不要担心会失去我。"

不行,必须在今夜,在今夜。她不断地对自己坚决地说,在黑夜结束,黎明来临之前。如果她再等些日子,她就会丧失勇气。这个手术必须马上就做,影响她前途的这个恶性肿瘤必须要清除掉。

无论今夜他走到这个城市的什么地方,她暗自发誓道,我都要查到他的踪迹,我要找到他,并结果了他,即使我这么做,必须要毁灭我自己,即使我必须在众目睽睽之下这么做。

车门关上了。他讽刺地往上推了推帽檐。

"晚安,乔治森太太。做个好梦。睡前试着吃块婚礼蛋糕,你要是没有婚礼蛋糕,弄一大块陈面包也行。无论哪一种,你都一样令人厌恶。"

汽车贴着她的身边驶过。她的眼睛盯住后面的车牌,紧紧盯住,并记住了它,即使车子快速驶过。车牌越来越小。红色尾灯拐过下一个街角,消失在茫茫黑夜之中,但那块车牌似乎还悬在她的眼前,犹如一块幽灵牌匾,悬挂在夜色中,久久不去。

然后，那块车牌，越来越模糊，不见了。

有人在寂静的夜晚正顺着人行道走来，就在附近。她能听到高跟鞋踩在地面上发出的橐橐的声音。发出声音的不是别人，正是她自己。两旁的树木在她的身旁经过，慢慢地向后走去。有人在登上阶梯状石板台阶。她能听到向上走时踩在砂砾上发出的声响，那也是她自己发出的声音。现在，有人正站在宅门前。她能看到对面玻璃上面反射的恐怖的影像，她动它就动，原来那是自己的影像。

她打开自己的手提包，伸手去摸宅门的钥匙，她的那一把，很好。他们已经给了她一把钥匙，仍然在包里。这令她很惊讶。真好笑，就这样回到家里来了，就如同什么也没有发生，伸手去摸钥匙，把钥匙插入锁孔，然后……就进入家中。就这样回家，并这样进入家中。

我必须要进到这里面，她为自己辩护道，我的孩子就睡在这幢房子里，此刻就睡在楼上。这就是我必须要去的地方，我没有其他可去的地方。

她记得今晚早些时候她是怎样不得不跟哈泽德老妈撒谎的，她请婆婆帮她照看休，她要去拜访一位新朋友。当时，公公一直在开商务会议，比尔也不在家。

她打开下面大厅里的灯,关上房门,然后在那里站了一会,背靠在门上,呼吸起伏不定。家里很静,很静。里面的人都睡着了,他们很信任你,他们从没想到你会令家族蒙羞,会去谋杀人,以此作为他们对你所有善行的回报。

她站在那里一动不动,很安静,悄无声息。没有人能猜到她为什么要回来,也没有人能猜到她回家来干什么。

什么也留不下,一无所有。没有家,没有爱,甚至也不会再有孩子了。她甚至会丧失可以预期的爱情,再过一天,她就会玷污那份爱。她也会失去他。当他年纪足够大,了解了她的一切,他就会背叛她。

他,一个男人,对她做了这一切。他已经这样做过一次,还嫌不够,现在,他还想再做一次。他两次毁坏了她的生活。他已经摧毁过那个可怜的、为人随和的来自旧金山的十七岁的小傻瓜。当初为了离开他,她遭遇厄运。她曾经梦想开一家出售便宜货的杂货店,他粉碎了她的梦想,并鄙夷不屑。而现在,他又要摧毁人们称之为帕特里斯的那位冒名顶替的夫人。

他不会再摧毁任何人了!

一种受虐的痛苦表情使她的脸一时看上去很难看。她把手腕背部放到额头上,紧贴在那里。内心极度软弱,却又义无反顾,这种矛盾令她的整个身体战栗不已。她步履蹒跚地向书房门口走去,犹如一个滑稽的醉汉缺乏足够的身体协调,跌跌撞撞地快步直接朝那个方向走去。

她打开了书房中央桌子上的那台供阅读用的大台灯。

她不慌不忙地朝酒柜走过去，打开柜门，倒了点白兰地，一饮而尽。酒一下肚，猛劲一路发挥出来，她似乎有点受不了，但她还是坚决把它强压了下去。

啊，没错，当你打算去杀死一个大男人时，需要喝点酒壮壮胆。

她到处找那把枪。她先是拉开了桌子的各个抽屉去找，可惜不在那里，里面只有纸和一些杂物。但他说过这个屋里有一把枪，那天晚上说过，所以一定会有，就藏在屋里的某个地方。他们对她从来不说谎，哪怕是一点点也不曾有过。公公没有，婆婆没有，就连比尔也没有。那就是他们和她的巨大区别。那就是为什么他们拥有宁静的生活，而她却一点也没有。

接下来，她又尝试在哈泽德老爹的书桌里找。那张书桌的抽屉和小隔间更多，她挨个寻找。在最下面的抽屉下面，当她移开一本厚厚的账簿时，发现有个东西躺在那里闪闪发光，终于找到了，枪就插在账簿下面。

她把枪拿出来。起初，一眼望去，虽不令人讨厌，但有点失望。那么小的东西，去做这么一件大事，去夺走一条命。镀镍的枪身和骨质的枪托，都擦得锃亮。中央有凹槽的凸起部分，她想，就是能致人死命的隐藏的力量之所在。她对枪不在行，冒着仓促射出子弹的危险，用手掌根连续拍打枪的背部，并用手使劲去拉，试图把枪打开,希望只要自己的手指不碰到扳机就能防止走火。突然,她歪打正着,很轻松就把枪打开了。见状,她惊讶不已。枪管已经朝下,枪身斜着打开了。圆圆的弹仓里面一片漆黑,空空如也。

她在那个抽屉里面翻江倒海,找寻子弹。她发现了同一个小硬纸盒,刚才寻找的时候,没太注意它,就把它匆忙扔到一边。就在那里面,发现了脱脂棉,仿佛里面裹着一些非常容易腐坏的药囊。可是,那里面不是药囊,而是穿着钢质外衣,圆平头的子弹,只有五颗。

她一颗一颗把它们压入弹仓,那些坑就是装子弹的。剩下一个弹仓空着。

她合上了左轮手枪。

她想知道这把枪是否适合放入她的手提包。她试着枪管朝下,平面朝上,就这样放进去了。

她关上手提包,随身拿着,走出房间,向大厅后面走去。

她拿出分类电话号码簿,在"停车场"一栏下寻找。

他可能把车停在大街上过夜,但她想他不会那样做。他是那种爱惜自己的汽车、帽子和手表的人,他是那种爱惜一切东西,唯独不爱惜自己的女人的人。

停车场都是按字母顺序排列的,于是她开始按字母顺序挨个打电话。

"请问你们这里有一辆纽约牌照的汽车停放过夜吗?号码是

09231。"

在第三家停车场,夜间值班员看过之后,回复道:"是的,在这里。几分钟前刚停进来。"

"请问停放人是乔治森先生吗?"

"是的,没错。有什么事吗,夫人?您想在我们这里了解什么?"

"我……我刚才乘那辆车外出。那位年轻男子把我送回家,结果我发现有东西落在他手里了,我必须要找到他。求求你,那个东西很重要。你愿意告诉我在哪里我可以找到他吗?"

"这事不行,夫人。"

"可是我进不了家。他拿走了我家门的钥匙,你难道不明白吗?"

"那您为什么不按响门铃呢?"粗野的声音答道。

"你这个蠢货!"她终于爆发了,狂怒使她的措辞真实可信。"首先,家人们认为我不应该跟他外出,其次,我不想引起任何人注意。我绝对不能按响门铃!"

"明白了,夫人,"那个声音嘲笑道,带着那种特有的她早就料到的油腔滑调,"我明白了。"那人的舌头发出啧啧两声,算是停顿。"稍等,我查一下。"

那人离开了电话。回来后,拿起电话,说道:"迄今为止,他一直把车子停在我们这里,我们记录的地址是迪凯特大街110号。我不知道他是否还……"

那人还没说完,她已经挂了电话。

一声枪响

她用自己那把钥匙打开了车库的门。比尔习惯开的那辆双座敞篷小汽车不在里面,但是那辆大轿车在那里。她倒车出库,然后下车,回去重新把车库门锁好。

整个过程她感觉如梦幻一般,跟以前一样不真实,仿佛是在梦游,然而从头到尾一直很清醒。橐橐的脚步声沿着水泥铺就的车道传来,听起来像是别人发出的,而实际上是她发出的,声音就来自她的脚下。仿佛她已经经历了激烈的分身术,其中一个自己惊恐万分,孤苦无助,眼睁睁地看着一个幽灵女杀手从裂痕处腾出,去执行她致命的请求。她只得跟上这个黑色幽灵的步伐。另一个自己一旦被释放出来,既不能重新收回,也不能把它吸收。因此,也许客观上听到两种脚步声,就如同自己照镜子看到自己在运动一样。

重新进入汽车,她把车倒到大街上,然后换向前进。她开车平稳,俨然一位技术娴熟的汽车驾驶员。仿佛是另外一个人的手,而不是她的手,把控方向盘非常有力,非常稳固,非常纯净,她没有忘记伸手去够车门把手,轻轻一碰,车门就稳稳地关严了。

车外,街灯如同一个个闪光的保龄球沿自己的球道一路滚下,但每一击都不中,不是远离这一侧,就是远离那一侧。她自己和那辆车子,就如同中央球瓶,从来没被击中过。

她想:那一定就是命运,像保龄球一样向我撞来。但我不在乎,让它们来好了。

然后车子又停下来。去杀掉一个男人竟然是如此容易。

她没有仔细研究过杀人,不知道杀人是啥样。管它啥样,反正她要开进去了,就在那里面干掉他。

她又踩了下油门,车子驶过大门,绕过拐角。在那里她把车子调头,因为交通优先权不在她这一方,她只得把车头调到她来的方向,靠近人行道,停在那里,正好不在人们注意的视野内。

她拿起身边座位上的手提包,就像一个女人就要离开一辆汽车时总会有的习惯动作一样,紧紧地把包夹在腋下。

她关掉点火开关,下了车,往回走,绕过那个拐角,到了她刚才开车来的地方，一路上她心无旁骛，如同一个在夜里回家很晚的女人快步往家赶，急急忙忙要走过那条街道。有人已经多次见过这样的女人那样走路，在夜里她们更加专心于自己的事情，因为她们知道此刻比白天更容易被人搭讪，也更危险。

她发现自己只身一人走在一条夜间阴郁的人行道上，面前是一幢长长的格局凌乱的二层混用建筑，底下一层是店铺，上面一层是生活住所。一楼是一连串黑灯瞎火的商业店面，上面一层有一长排窗户。其中一个窗台上面有一个白色的牛奶瓶。还有一个窗户里面亮着灯，但拉上了窗帘。他一定不在那个有牛奶瓶的房间里。

在两个店面之间的凹进之处，有一扇门，很隐秘，不易被人发现，门上有多个小方格，里面镶嵌着玻璃。这扇门之所以能被她发现，是因为方格玻璃后面的走廊里有一盏昏暗的灯，正极力地发着光，在黑暗之中很显眼。

她走上前去，试着一推，门毫不费力地打开了，原来门并没有上锁，只是看上去像是关严了。里面有一组生了锈的暖气片，一段水泥楼梯通往楼上。在楼梯旁边，就在楼梯开头的地方，有一排信箱和按钮。她扫了一眼，他的名字就在第三个信箱上，但上面不只有他一个人的名字，他的名字叠加在上一个租户的卡片上。他只是用铅笔把那个名字划了一道，然后在下面写上了自己的名字："斯·乔治森"。他的字写得很烂。

他什么也干不好，除了毁坏别人的生活。干那个，他倒是很在行。

她顺着过道上了楼梯。这是一个偷工减料的建筑，有点像临时搭建的。在战争年代，物资匮乏，他们一定是把阁楼或储藏室当做底下店铺的一部分，后来草草改建成了这些公寓。

住的什么破地方，她隐约想着。

他活该要死在这里，想到此事，她毫无同情之心。

她看到他的门底下透出一丝那盏灯发出的光芒。她敲了敲门，然后又敲了敲，跟第一次一样轻柔。他在里面开着收音机，隔着门她听得很真切。

她抬手向后抚了抚头发，等着。你会抚平自己的头发——如情势所需——就在你想要见某人，或是某人想要见你之前。她现在这么做，就是情势所需。

他们说，像这种时刻你很害怕。他们说，对于难以把控的局面，你很兴奋。他们还说，你被气愤蒙蔽了。

什么都是他们说。他们知道什么？她没什么感觉。不害怕，不兴奋，也不盲目气愤，只是隐约感到自己暗暗下了决心。

他没有听见，或者说他不想开门。于是，她试着扭动了一下球形把手，这扇门竟然也跟楼下那扇门一样，没有锁上，门向里打开了。为什么不锁门，她想，他会害怕别人吗？别人不会从他那里索取什么，倒是他会从别人那里索取。

她进了屋，关上了房门，那扇门刚才曾把他们俩隔开，门里一个,门外一个。

没有看到他,房间里弥漫着他的气味,令人作呕。可那是个套间,卧室和起居室分开,他一定是在里间,她来到门外的时候他刚刚进入卧室。她看到有光从里间门口发出。

今天晚上跟她一起在车里穿过的外套和戴的帽子搭在一把椅子上,外套胡乱盖在椅子上,帽子在外套上面。一支不久前没抽完的烟还在玻璃烟灰缸里慢慢燃烧。桌子边缘有一杯酒,那是他刚想喝,然后离开,想回来再喝,以庆祝今晚自己取得的胜利。从玻璃杯外侧可以看到杯子里有一整块白色冰块尚未融化,浮在淡黄色的威士忌酒里。

这一幕让她响起了纽约那间带家具的出租屋。他常喝淡酒,他很喜欢喝,自己喝威士忌时,总要加冰稀释。"喝完了,还会有的。"他过去常常这么对她说。

现在没有了。这是他最后一饮了。(你本应该喝烈酒,她心里挖苦道。)

某种刺耳摩擦声,使她不安。那是一种间断的嘈杂声,本该是音乐,但她听到的却不是音乐,就像她本意来杀人,现在却见不到人一样。她神经高度紧张,那个声音听来像是一个硬毛刷在一个带棱的金属盒上来回擦过一样,或者,对她而言,那个声音来自体内,而不是来自外界什么地方。

不,声音从那里传来。他有一台装电池的便携式小收音机,正靠在侧面墙上,她走上前去。

"Che gelida mannina——(冰凉的小手——)",收音机里面远远传来那句歌词,是意大利歌曲,她听不懂是什么意思,只知道唱的不是恋爱场景,而是死亡场景。

她的手狠命一拧,就像拧断一只鸡的脖子,他那粗制滥造的两间屋,外边一间,里边一间,立马静了下来。

现在,他会出来看看是谁关掉了他的收音机。

她将脸转向门口,把手提包拿起来放到胸前,打开它,掏出了那把手枪,握在手里,她的手就应该这样持枪。整个过程,不慌不忙,每一个动作都配合得非常完美。

她把枪对准了里间门口。

"斯蒂芬,"她对他说道,"请出来一下,我想见你。"说话时,只隔着一道门。死一般沉寂。

没有恐惧,没有爱情,没有憎恨,什么都没有。

他没有出来。他在镜子里看见她了?他已经猜到了?他就那么胆小,甚至在一个女人面前畏缩逃走了吗?

那支折断的香烟还在散发着一束束烟雾。那只高脚酒杯里面的冰块仍然清晰可见,方方正正,还没有被融化掉。

她向里间门口走去。

"斯蒂芬,"她怒不可遏,"你的媳妇来了,来这里看你了。"

没有他的动静,也听不到他的回答。

她推开里间的房门，枪口对着门里，在胸前左右扫动，像是在操控一个缩小的舵机。里间跟外间并不平行，而是跟它成直角。房间不大，只不过是个可供睡觉的壁凹而已。顶上有一盏灯泡，仿佛是在天花板的粉饰表面长出一个发光的水泡。铁床旁边有一盏落地灯，也亮着，但是上下颠倒了，头朝下，灯座处的补偿导线怪异地在半空中打了圈。

她看出他正准备上床去睡觉。他的衬衫扔在床脚处，他脱下的衣服都在那里。现在，他正努力躲避她，藏在床底下地板上某个地方，就在较远的那一侧。他的手伸出来——他忘了自己的手露在外面——抓住床单，把它扯出一条条长长的褶皱。他靠着铁床，头顶露出来——她一眼就看出——他低头试图躲起来，但是低得不够低。这时，就在铁床另一侧，尽管他另一只手没有露出来，床单边缘有一处可以看到有更多扯出的褶皱，仿佛床单被扯下来要扯到别人看不到的地方，却拼命悬在那里一样。

她往地上一看，就在铁床远端一侧，她看到一条腿的下半部分，在他身后懒洋洋地伸出来很长。另一条腿没露出来，一定是蜷起来藏在身体下面了。

"滚起来，"她嘲笑道，"至少我认为自己痛恨的是个爷们，现在你这副怂样倒让我不知道你是什么东西。"她绕过床脚，看见了他的后背。他一动不动，但是他身体的每一条线都表明他试图逃走的冲动被阻止了。

她的手提包一下子弹开了,她从里面抽出点东西,掷向他。"这是你给我的五美元,还记得吗?"钞票在两个肩胛骨之间落下来,纵向落在他的脊柱上,正好盖在他的脊背形成的上升曲线处,怪哉,真像一个标签松弛地贴在了那里。

"你这么爱财,"她一针见血地说道,"现在给你利息,转过身子来拿吧。"

她还没有弄清楚要不要开枪,枪已经响了。仿佛所讲的话语暗示手中的枪自动开火,不用等待她去扣动扳机。枪声吓了她一大跳,她感觉整条胳膊往上一抬,仿佛有人猛地在她的腕骨上拍了一下,只见枪口火光一闪,她不由得眨了眨眼睛,脑袋不由自主地转向一旁。

他还是一动不动,甚至那五美元钞票也没有从他脊背上飘落下来。奇怪,一声低沉的呻吟从铁床床头的铁管中传来,与此同时,振动渐渐逝去,对面的灰泥墙上出现一个黑色凹坑。据她发现,那个凹坑是第一次跃然出现。

此刻,她的手放在他的肩上,而她脑海中有个声音在努力说,"我没有……我没有……"他懒洋洋地翻过身来,并瘫倒在地板上,他的样子极像是在开玩笑,仿佛她一直在威胁着要搔他的痒,而他在拼命躲开,不让她碰到一样。

他的姿势似乎表现出他是在懒洋洋地跟她调情,他甚至还咧嘴露出一丝微笑。

他的眼睛似乎盯住了她，看着她，讥笑的神情依然如故，仿佛在说："你现在想干啥？"

简直不能分辨这到底是怎么回事。只见到他的一只眼睛外角处有一小块黑色条纹，像是粘上一块黑漆皮而不是橡皮膏，仿佛他自己弄伤了那里，然后把它盖住一样。就在他的脑袋靠在床单的那一侧，有一处奇怪的旋涡状污点，其外缘颜色不如中心处深。

有人在这间狭窄的小屋内惊声尖叫。声音倒不刺耳，但喉音受阻，极像一条狗在恐惧的时候发出的叫声。那一定是她，因为那里除了她，没有别人会大叫。她的声带受伤了，好像由于过度紧张，绷断了。

"哦，上帝啊！"她低声啜泣道，"我根本不需要来……"

她向后退缩，步履蹒跚地一步一步离开他。不是那一小块反光的条纹，那块沥青色涂层，让她恐惧，也不是他躺在那里的样子让她恐惧——他那样子放松而倦怠，仿佛他们玩得太高兴，最后他筋疲力尽，挺直腰杆站起来送她出去很费劲——而是他的眼神具有杀伤力，使她恐惧，反反复复，直到她内心的恐慌如泉水般从筛孔中涌出。他的双眼似乎死死地盯住了她，看样子是一直目送她一步一步后退。她向一侧走过去一点，没有摆脱他的眼神。于是，她又向另一侧走过去一点，还是无法摆脱他的眼神。一直是那种轻蔑、自负、讥笑的眼神，对她从没有过真正的款款柔情。他活着的时候看她是那种眼神，死后还是那种眼神。

她几乎能听到伴随着那种眼神传来的慢吞吞的话语。"你现在要到哪里去啊？你急匆匆离去，是因为什么？回到这里来，说的就是你！"

她脑海中一个声音高声回答道："离开这里！从这里出去！在有人来之前！在有人看到我之前！"

她转身从里间的门口逃走，挥动着双臂，跌跌撞撞地穿过外间。那一段路不再是短短几码的距离，她仿佛行走在一台向相反方向不停运动的跑步机上，机器正努力把她往回拖向他。

她好不容易走到外间门口，没想到却撞在门上。但此刻，撞了一下后，她的身体被撞停下来，门并没有静止下来，而是继续砰砰地响，仿佛有几十个她把自己连续不停地用力撞在门上。

不应该这样敲击木门，不应该这样砰砰地撞击木门。她连忙举起双手紧紧抓住两只耳朵，她简直要疯了。

重击一声接一声，中间没有空隙。它们咄咄逼人，要求强烈，连续不断。它们已经愤怒了，并且每增加一秒延迟就会越加愤怒。她耳朵听到的重击声压过了她第二声痛苦的沉闷尖叫。这声尖叫所包含的真正恐惧比刚才在里间屋里发出的第一声尖叫还要多。现在，恐惧不再是超自然的，而是个人的。这种恐惧来得更直接，也更强烈。这是使人极度痛苦的恐惧，使人陷入困境的恐惧，在此之前，她还从不知道竟然还有这样的恐惧。害怕丧失自己所珍爱的东西，是最大的恐惧。

因为那个声音是比尔的。它透过门传进来,压过了她的尖叫声。可以听出敲门人态度坚决,已经不耐烦了。

在声音传来之前,她心里就明白了。接着,声音传来时,她的耳朵听出来了。然后,来人一说话,她就确凿地知道那是谁了。

"帕特里斯!开门。打开这扇门,帕特里斯!你听出是我了吗?我就知道会在这里找到你。把门打开,让我进去,否则我就破门而入了!"

她突然想到了门锁,可是有点晚了,因为他也想到了。门一直就没有锁上,早些时候她就发现了。她猛然将身体倚住房门,呜咽声中带有绝望,太迟了,球形门把手转动了一下,紧接着,门缝开始变大。

"不!"她上气不接下气地命令道,"不!"她瑟瑟发抖,把整个身体的重量顶在门上,不让他进来。

她几乎能感觉到他紧张的呼吸喷到了她的脸上。"帕特里斯,你……得……让……我……进……去!"

抵抗无效。在来人说出的每一个字之间,她退却了,脚后跟毫不情愿地向后退去。

他现在能看到她了,她也能看到他了。他们都在隔着门发力,门缝变大一点,然后又变小了,然后开得比原来更大了。他的双眼,离她的眼睛很近,眼神中有意味深长的谴责意味,这比里面那个死人的眼神要可怕得多。不要看着我,不要看着我!她在内心绝望地哀求道。哦，看别处吧，只是不要看我，因为我不能忍受。

她阻挡不住，一步步向后退去。他的胳膊挤进来了，接着肩膀也挤进来了。这种情势下，她还是努力想挡住他。她绷紧整个身体，无情地抵住门，双手紧紧平压在门板上，血色渐失。

他最后一用力，结束了这一场并不势均力敌的对抗。她沿着门开的弧线被推开，如同一片树叶，或是一块挡路的柔软的破布被推开了。他进来了，就站在她身旁，喘着粗气，胸脯起伏了片刻。

"不，比尔，不！"尽管此刻她已经失去了祈求的根据，她还是机械地不断祈求道，"不要进来。如果你爱我，就不要进来。待在外面。"

"你来这里干什么？"他简洁地问道，"所为何事？"

"我想让你爱我，"她啜泣道，像一个心烦意乱的孩子，"不要进来。我想让你爱我。"

他突然抓住她，拼命地摇晃她的肩膀。摇了一会，才说道："我看见你了。你来这里干什么？这个时间，你来这里干什么？"他放开了她。"这是什么？"说着，他捡起了那把手枪。刚才，一度混乱，她彻底不知道枪去哪里了。一定是刚才从里间快步往外走时，掉在那里的，或是她扔到地上的。

"是你带来的吗？"他回转身面向她。"帕特里斯，回答我！"他说话的语气强硬而凶狠，她第一次见识到。"你来这里干什么？"

她的声音在喉咙内一次次被咽回去，又一次次充盈在那里，仿佛就是不能够冲到嘴边。最后，她终于说出口："来……来……来杀死他。"她浑身湿透，倒向他。他用胳膊趁势紧紧搂住她，不让她倒下。

她的双手往上伸，滑过衬衫胸部，对着他的脸，努力去抓住他的翻领，犹如一个一无所有的乞丐扭动着身躯，祈求施舍一般。

他的手一挥，她的双手重又落了下来。

"那么，你干成了？"

"有人……干成了。有人……已经干成了。就在那里,他死了。"她战栗着把脸贴在他身上。除此之外，你不能一个人行动了。你必须得依附某个人，你必须要有人抱住你，即使再过片刻他要抛弃你，这一点你是知道的。

突然，他把手臂垂下来，离她而去。独自一人很可怕，即使当时那一小会儿。她很奇怪那些年岁自己是怎么熬过来的。

生活就是如此古怪，生活就是如此反常。一个男人死了。一场爱情泡汤了。但一支香烟仍然在烟灰缸里腾起烟雾，一块冰块仍然漂浮在高脚杯里没有融化。你希望持续下去的，它们结束了，而无关紧要的东西，它们却依然存在。

接下来，他重新出现在另一间屋子，站在门口再次看着她，古里古怪地看着她。过了好久，一直默不作声，她不喜欢他看着自己的方式，但是弄不清自己不喜欢哪里。要是换成其他人，无关紧要，但偏偏是他，就不一样了。

然后他举起枪，凑近自己的鼻子。那把枪，一直在他手里。她看到他冷酷地点了点头。

"不，不。我没有杀人。哦，请相信我……"

"刚才开过枪了。"他平静地说道。

此刻，他的眼神中略带悔意，仿佛努力在跟她说：你为什么不想告诉我？你为什么不告诉我把它弄走？然后我就会明白。他口中没那么说，但他的眼神似乎就是那个意思。

"不，我没有杀人。我冲他开了枪，但是没有击中他。"

"好吧。"他平静地说道，貌似有一丝厌倦，但还是努力把它掩饰过去，不想伤害她。这种措辞是你不相信某事时的常用语，虽不大相信，但说出来不至于让人下不了台。

突然，他把枪塞入自己的外套侧兜里面，仿佛枪已经不再重要，仿佛那就是过去的细枝末节，仿佛此刻有更为重要的事情需要注意。他果断地扣好外套的扣子，转身大步向她走来，此刻他步履轻盈，以前可不这样。

一种推动力使然。

他重新用手臂把她搂在怀里，为她提供了一个温暖的港湾。（那是一个她一直在苦苦寻求的避难所，直到现在才拥有了它，太迟了。）但这次是匆忙拉着她向门走去，而不仅仅是支撑着她。"从这里出去，快！"他冷酷地命令道，"尽快下到大街上去。"

他把她搂在臂弯里，保护着她，推着她赶紧跟他一起走。"走吧。

你不能被人发现在这里。像这样来这里,你一定是疯掉了。"

"我过去是,"她啜泣道,"我现在也是。"

现在,她正挣扎着要摆脱他,努力使自己不靠近那扇门。她突然从他身边挣脱,退后一步站定,面对着他。每一次他的双臂试图重新揽住她,她的双手都予以断然拒绝。

"不,等一下。你先听我说,你得先知道一件事。以前,我一直瞒着你,但此刻你跟我在这里,我已经走得太远,不能再往前走了。"然后,她接着说道,"我就是这个样子。"

他恼羞成怒,伸出双手,拼命地摇晃着她的身体,仿佛要让她有所感觉。"不是此刻!你难道不明白吗?有个男人死在隔壁房间里。你难道不知道如果被人发现在现场那意味着什么吗?随时就有人把脑袋探到这里来……"

"哦,你这个傻瓜,"她可怜巴巴地冲他喊道,"就是你不明白。事已至此,你难道还没看出来吗?已经有人发现我在这里了!"她小声嘟囔道,声音听不太清。"被唯一对我紧要的人发现。此刻要逃到哪里躲起来呢?"说着,她疲倦地用手背擦了擦眼睛,"让他们来吧,现在把他们带来吧。"

"如果你不为自己考虑,"他疯狂地敦促她道,"也要为妈妈考虑一下。我原以为你很爱她,我原以为她对你来说不是无所谓的存在。你难道不知道这样一件事会对她怎样吗?你现在试图要干什么,要她的命吗?"

"以前也有人对我这么说过,"她含混地告诉他,"我记不清是谁说的了,也记不清在哪里说的了。"

他小心翼翼地打开房门,往外看了看。然后,他掩上门,回到她身边。"没看见人。我不明白那一声枪响怎么能没人听到呢,我认为旁边的房间里没人住。"

她不会改变主意。"不,就在此时,就在此地。我已经等得太久,要迫不及待告诉你。我不会再往前走一步,我不会跨过那道门槛……"

他紧闭牙关。"如不得已,我会抱起你,把你抱离这里,你听我的话吗?你要恢复理智吗?"

"比尔,我没资格得到你的保护。我没……"

他的手突然紧紧捂住了她的嘴。他把她抱离地面,抱在臂弯里。她的身体动弹不得,无可奈何,无言以对,只得用双眼紧紧向上看着他。

然后,她干脆闭上了双眼,不再挣扎着要挣脱他了。

就那样他把她抱出房门,沿着大厅,走下楼梯。她感觉那段楼梯跟她刚才上来时大相径庭。一直到了街口处,他才把她放下来。

"站在这里等一会,我往外看看动静。"她听从了,他由此判断她的反抗结束了。

他把头缩回来。"外面没人。你把车停在拐角处了,是不是?"她没有时间去想他是怎么知道的。"靠我近点走,我带你回到车上。"

她用双臂紧紧挽着他的一只胳膊，依附在他身旁，两个人匆忙沿着墙根走，那里阴影最暗，很不显眼。

像是走过好长一段距离。没有人看见他们，更好的是，压根就没有人看。曾有只猫急急忙忙从他们前面的地下室通风口跑出来。她一下子就更紧地贴在他身上，但她没有弄出声响。简短的退缩之后，他们继续往前走去。

他们转过街角，车子还在那里，车尾整个对着街角。

他们径直朝车子快步走过去，他为她拉开车门，用胳膊拥她进入车内。然后，突然门又关上了，他没有上车，站在门外。

"给你这些钥匙。现在你开车回家，并……"

"不，"她愤怒地低声说道，"不，你不走我也不走！你要去哪里？你要去干什么？"

"你难道不明白吗？我正试图让你跟这件事撇开关系。我要再回去一趟，我必须得这样做，要确保那里没有跟你联系在一起的任何东西。你必须得帮助我，帕特里斯，他都对你做了什么？我不想知道为什么，现在没有时间计较那些，我只想知道他对你做了什么。"

"要钱。"她简短地说。

她看到他用手紧紧握住车门边缘，手指似乎都要抠进车门里面去了。"你是怎么给他的，现金还是支票？"

"支票，"说话时，她有些害怕，"就一回，大约一个月前。"

此刻，他说话更加紧张了："支票兑现回到你手中时，你把它销毁了，还是……"

"支票一直没回到我手中。他故意不去兑现的，他一定把它藏在哪里了。"

闻听此言，他僵住了，缓缓吸了一口气。见状，她断定他更害怕了，比迄今为止她给他说的其他任何事情都更令他害怕。"我的上帝啊，"他缓和了一下，说道，"我得找回那张支票，即使那样会花费整个晚上。"他又低下头，伸进车里，面对她说，"还有什么？有什么信件吗？"

"没有。我有生以来从没给他写过一行字。他身边倒是有五美元钞票，但我不想要了。"

"我想最好还是把它捡起来。没有别的了吗？你确信？现在，再想想，帕特里斯。好好想一想。"

"等一下，那天晚上在舞会上……他似乎要了我的电话号码。我们家的电话号码。就写在他随身携带的一个黑色的小记事本上。"她迟疑了一下，"还有另外一件事。"

"什么事？别害怕，请告诉我。是什么事？"

"比尔……他今晚让我跟他结了婚。不是在本地，而是在黑斯廷斯。"

这时，他把手抬起来，又像球棍一下重重地落回到车门边缘。"我很高兴他已经……"他恶狠狠地说道。他没把话说完。"你签上自己的名字了吗？"

"写上了姓，我没办法，不得不写。那是他策划的全部目的。那位法官就要给他寄来结婚证，就寄到这个地址，一两天就到。"

"那么，就还有时间处理那件事。我可以明晚开车去那里，在那里就把它搞定，那件事就结束了。有钱能使鬼推磨。"

突然，他似乎已经下定决心要按计划去做。"回家去吧，帕特里斯，"他命令道，"回到我们那个家吧，帕特里斯。"

她很害怕，紧紧抓住他的胳膊。"不……你要去干什么？"

"我要回到那里。我必须得回去。"

她试图阻止他回去。"不要！比尔，不要！可能会有人来的，他们会发现你在那里，比尔，"她央求道，"为了我……不要再回到那里去。"

"你难道不明白吗，帕特里斯？你的名字不能跟这件事有牵连。有个男人死在楼上那间屋里，一定不能让他们发现你跟他有什么瓜葛。你从来都不认识他，你从来没有见过他。我必须要拿到那些东西——那张支票，那个记事本，并把它们销毁。最好是我把他的尸体从那里弄走，扔在一个别的地方，离这里远远的，就不容易被辨认出来了，也许永远也不会被辨认出来。他不是这个城市的人，不大可能有人会追究他的突然消失。他来了又走了，就跟候鸟一样，没有人会关心。可是，如果他的尸体在那间屋里被人发现，立即就能知道他是谁，就会牵扯出很多其他的事情。"

她发现他所有所思地瞥了一眼车子的长度,仿佛在目测够不够一个棺材的尺寸。

"我来帮你,比尔,"她突然做出决定说,"我来帮你——做任何你想做的事情。"然后,当他半信半疑地看着她时,她又说道:"让我跟你去吧,比尔,让我跟你去。整个乱子是我闯下的,就算是我做一点小小的补偿。"

"好吧,"他说道,"总之,没有车子不行。我需要这部车。"说着,他挤进来坐在她身旁。"我来开一会,我来给你演示我想让你做什么。"

他只把车子向前开出一两码的距离,就停了下来。此刻,只有车头露在街角那幢建筑外,其余部分被挡在后面,驾驶员的座位正好跟街角那排店铺的前端对齐。

"向那边看,从你坐的位置看,"他指示道,"从这里你能看到那个门廊吗?"

"看不到,不过,我能看到它附近。"

"我说的就是这个意思。我会站在里面,点燃一支烟。你看到亮光时,就把车子开过街角,开到那个门前。从现在起,一直待在车里。如果你发现有情况,如果你发现有什么不对头,就不要停在这里了,直接把车子开走,不要拐弯,一直往家开。"

"不,"她倔强地想道,"不,我绝不要那样做。我不会自己开车跑掉而把你一个人留在这里。"她心里这样想,但口里却没这样说。

他已经下了车,站在那里面对着她,小心翼翼地往周围看了看,没有大幅度转头,身体保持不动,先扫视了肩膀一侧,然后又扫视了另一侧。

"就这样,"他最后说道,"说好了,就这样。我想我现在可以走了。"

他摸了摸她的手背,安慰了她片刻。

"别害怕,帕特里斯。也许在这件事上,我们会很幸运。干这样的事,我们可都是新手啊。"

"也许我们会很幸运。"她重复道,内心极度害怕。

她看到他一转身,从车子那里走开了。

他走路跟平时一样,落落大方,不慌不忙。她很奇怪为什么在这种时候自己会注意到他走路的样子,但不知何故,他走路的样子使得他,不,是他们俩,要做的事情不那么可怕了。

他已经转过街角,走进那幢那个男人死在里面的楼里了。

深夜抛尸

似乎他已经在那幢楼上待了很漫长的一段时间，她没有想到时间竟会如此之长。

那只猫又回来了，就是刚才把她吓了一大跳的那只猫。她看着它慢慢地小心翼翼地绕行到他们刚才所走的那条路上。那只猫在路上时，她能看得见，但是当它贴近墙根时，更深的阴影就把它吞没了。

"你能杀死老鼠。"她发现自己内心这样说时有隐隐妒意。因为你杀死老鼠，人们会赞扬你。你杀死的老鼠只咬东西，从来不吸血。

那边亮光一闪,随后就灭了。

真奇怪她竟能把火柴的亮光看得如此清晰。她原本没指望能看清楚。亮光很小,但一时极其鲜明,犹如一只黄色的蝴蝶张满双翼被人钉在一块黑色天鹅绒背景幕布上,然后又让它逃走了。

她立即扭动点火开关,启动了车子,转过街角,流畅娴熟地把车子悄悄向他开去。一路上只听到轻柔的呼呼声和轮胎摩擦地面的噪声。

她驱车还没到,他已经又转身进楼了。他用作信号吸引她注意的那支香烟早已经被扔在地上。

她不知道他想——他想在哪里安放他带出来的东西,前排还是后排。她伸出手打开了他乘坐的那一侧的后车门,就那样敞开着,做好准备,等候他上车。

然后,她透过挡风玻璃直直盯着前面,很奇怪,竟然很僵硬,好像她不能转动自己的脖子。

她听到楼门开了,可是脖子还是不能转动。她使劲拉扯自己的脖子,可是由于极度恐惧脖子僵住了,不能带动脑袋转向楼门的方向。

她听到一阵缓慢的脚步声,重重地踩在有砂砾的人行道上,是他的声音,同时伴随着一种柔软的声音,一种刮擦声,仿佛两只鞋子被翻过来,较软的前端或仅仅鞋帮着地,一路那样拖过来,而不是整个重量都压在上面。

突然，他的声音急切地在她耳边低语（似乎就是在她的耳朵内响起）："打开前门，前门。"

她不能转动自己的头，但是至少她可以移动自己的胳膊。她看都不看就伸开双臂，为他打开了车门闩。她能听到自己的喉咙中呼呼喘着粗气，好像一把茶壶在慢慢煮沸的过程中，茶壶嘴里就要溢出大量沸水的声音。

有人坐在靠近她的那个座位。跟任何人坐上去一样，皮革发出相同的嘎吱嘎吱声。他碰触她的体侧，用肘轻轻推她。

肌肉痉挛解除了，她的脑袋终于能转动了。

她看见了他的脸，原来不是比尔的脸，不是比尔的脸。嘲讽的眼睛在黑暗中睁得大大的。就在她的脑袋转向他的时候，他的脑袋已经歪向她——那颗脑袋不可能保持不动——结果竟然是完全的面对面，恐怖异常。他即使死了也不放过她。

一声本能的尖叫窒息了，卡在她的气管里发不出来。

"现在，别管它，"声音来自尸体另一侧，是比尔在说话，"请坐到后面去，我来开车，让他靠着我。"

他的声音不断地影响着她。"我不是那个意思。"她模糊不清地喃喃道。她下了车，重又上车，在从一个座位移到另一个座位的简短过程中间，一直扶着车子寻求支撑。

他一定知道她在硬撑，尽管他没有看她。

"我告诉过你，让你回家的。"他不动声色地提醒道。

"我没事,"她说道,"我没事。走吧。"说话声尖细,仿佛一张磨损的唱片被带翎的唱针划过所发出的声音似的。

车门砰的一声关上了,他们驱车前行。

一开始,比尔开得很慢,只用一只手把着方向盘。她看到他把另一只手伸出去,把旁边死者头上的帽檐往下拉了拉,盖住了他的脸。

意识到她就坐在自己身后,他抽时间想出一些话语来鼓励她,尽管仍然没有回头看她。

"你能听到我说话吗?"

"能。"

"尽量别害怕,尽量不要去想它。到目前为止,我们一直很幸运。那张支票和记事本都在他身上。我们要么干,要么不干,就这么回事,只能这样。你那样也是在帮我。瞧,你要是太紧张,那么我也会太紧张的。你会影响到我。"

"我没事,"她还跟刚才一样机械地低声说道,"我会平静下来,我会控制住自己。往前开吧。"

然后,他们就不再说话。车上还拉着个死人,怎么可能再说话?

她的眼睛一直往别处看。她尽量往车外看,当那个姿势使她脖颈肌肉变得紧张时,她就朝车顶望一会儿,算是休息一下,或者就直接看自己前面的车底板。哪里都看,唯独不朝前看,因为她知道那里有两颗脑袋一定会随着车子的每一次颠簸,以相同的频率轻微地保持同步振动。

她尽量按照他说的去做。她尽量不去想那件事。"我们参加完舞会正在回家的路上,"她心里想道,"他正从乡村俱乐部带我回家,就是如此。我正穿着镶金箔的黑网裙。瞧,看见没有?我正穿着那条镶金箔的黑色裙子。我们说好了,所以我就……我就坐在后座,他独自一人坐在前面座位上。"

她的前额有点冷,感觉有点潮湿,于是她用手擦去冷汗。

"我们看完电影,他正带我回家,"她心里想道,"我们看的是……我们看的是……我们看的是……"想象的时候,前面又出现一个街区。电影名字还是想不起来。"我们看的是……我们看的是……我们看的是……"

突然,她大声问他:"刚才我们看的那部电影叫什么名字?"

"很好,"他立即答道,"就是这样,这样想是个好主意。我给你说一个电影名字,继续这样想下去。"他思考片刻,想到一个电影。"是马克·史蒂文斯主演的《我想知道现在是谁在吻她》。"他突然说道。他们上周四一起看的,在阳光下。但似乎距今已有一千年之久。"从头开始想,一直想下去。如果你卡壳了,我会帮你。"

她呼吸很费劲,且前额一直在渗出冷汗。"他写了很多歌,"她心里想道,"并且他带着自己的养妹去……去看一个杂耍表演,他听到自己写的一首歌在舞台上被人传唱……"

汽车拐了个弯,前面两颗脑袋一起摇晃,一颗就要靠在另一个人的肩膀上了。有人把他们分开了。

她赶紧把眼睛闭上。"什么时候……什么时候写的那首主题歌？"她结结巴巴地问道。"就是开始时他们在走廊里听到的那首歌吗？"

红灯亮了，于是他停下车子等候绿灯，这时一辆出租车在他车旁停下来，两车齐平。"不，那是……"他看了看那辆出租车。"那是……"说着，他又看了看那辆出租车，神情犹如你正试图想起某事，而眼睛却茫然地盯着外面一个与之毫不相干的事物一样。"那是'你好，我的宝贝'。是一首步态舞曲，你忘了吗？这首主题歌临到最后才唱起来。他想不起歌词来了，你不记得了吗？"

绿灯亮了。那辆出租车已经冲出去，跑在前面，比他更快恢复了车速。她用手背捂住自己的嘴，牙齿咬了进去。"我做不到，"她内心叹气道，"我做不到。"

她想向他大叫："哦，打开车门！放我出去！我胆小！我原以为自己能行，但是我做不到……我不在乎，只是让我在这里下车就行，现在，就在这里下车！"

恐慌。人们把这种现象叫做恐慌。

她的牙齿咬入皮肤更深了，那阵发疯似的冲动终于平息了下来。

此刻，他把车速放快了一点，但是也不是太快，没有快到引人怀疑或是引人侧目的程度。如今，他们车子正在郊区，沿着收费高速公路行进，那条公路与具有优先通行权的低洼处的铁路平行。真希望车子能开得更快些。

过了好大一会儿，她才意识到主要的危险已经过去了。她发现他们已经驶离考菲尔德，没有遇到阻碍，或者说至少在高楼林立的中心地带没有遇到阻碍。啥事也没有，没有不妙的事情发生。一路上，他们没有刮蹭别的车，没有警察走近他们，质询他们违章并向车里看，所有那些让她担惊受怕的事情都没有突然出现。一路过来，彻底安全。他们俩在车里可能一直很孤独，因为他们表面上是在冒险，但内心深处却是……

内心深处，她深感束手无策，并已老态龙钟，仿佛她的心脏上已布满皱纹。

"他不是今天晚上唯一一个死去的人，"她想，"我也死了，在车里，就死在沿途某处，所以不要紧，无所谓，最好还是待在车里，仍然活着，并接受责备和惩罚。"

此刻，车子已行驶至乡村开阔地带。刚刚快速驶过的那个纸箱厂，那家废弃的啤酒厂，甚至是诸如此类的工厂，由于城市限制，出于公德心与城市保持着合适的距离。高速公路的路堤逐渐升高，铁轨的宽度，在错觉对比之下，显得更低了。面前的水泥路面看上去平滑，轮廓清晰，路堤一直向城市方向延伸，但伸展的距离不是很长，到这里只是一个自然的斜坡了，虽极其陡峭，但杂草和灌木丛生。

他突然把车停了下来，无明显原因。他使车子外侧的两个轮子驶离靠近铁路一侧的公路，停在路肩上。那里仅能容下车子的两个轮子，停的位置极其危险，车门外面就是路堤的斜坡了。

"为什么停在这里？"她低声问道。

他用手指了指。"听一下。听到了吗？"耳边传来坚果开裂的声音，像是一大层坚果，到处滚动，被压裂，壳都碎了。

"我就想把他从城里弄出去。"说着，他下了车，沿着斜坡向下走。直到她只能看到他腰部以上的部分，他才停下来，站在那里往下看。然后，他俯身捡起点东西，也许是一块石头，或是别的什么东西。她看见他把手里的东西扔了出去。接下来，他稍微扭了扭头，似乎在听。

出于平衡需要，他双脚用力踩着路堤一侧。最后，他费了很大劲才爬上来，重又回到她身边。

"那是一列运货的慢车，"他说，"是出站的列车，在里侧的轨道上，我的意思是说就在我们下面的轨道上。我看到有一盏车厢顶上的灯经过。列车很长，长得有点怪异，我想是空车，并且车速很慢，简直像是在爬行。我扔下一块石头，听到打在了其中一节车厢顶上。"

她早已经猜到他的意图了，不由得起了一身鸡皮疙瘩。

他在车子前面座位那具尸体处俯下身子，搜查它的每一个口袋，从尸体外套里面的口袋里摸出点东西，是一个标签或是别的什么东西。

"货车并不是总像快速客车那样有优先通过权。它也许必须得在前面不远的那个大道口停下来，你知道我说的是那个道口。火车头现在一定马上就到那里了……"

她努力抑制住自己的厌恶。她已经又一次下定决心，尽管这次将要比原先站在门口那次还要厌恶。"要我……你想让我……？"说着，她准备下车去帮他。

"不，"他说，"不用。你只要坐在车里看着公路，帮我放风就好。坡很陡峭，当下到一定的低点，任何东西它自己就会降落下去。坡的底部有个断口，会是垂直降落。"

此刻，他已经猛地把前车门打开，尽量开到最大。

"路上什么情况？"他问道。

她先往后看了看，一直看。然后，又往前看。前面的路是上坡路，一眼看过去更容易观察。

"路上没车，"她说，"一点移动的灯光都没有。"

他俯下身子，用胳膊去抱，然后，两颗人头和两副肩膀靠在一起直立起来。片刻之后，车前座已空空如也。

她扭头看着公路，不放过一处移动目标。

"我再也不坐前面那个座位了，"这个念头在她脑中闪过，"他们会奇怪为什么，但我会推诿谢绝，我不会忘记今晚那个座位上坐着什么。"

把那具死尸弄下斜坡很费时,他的脚就相当于刹车,得同时制住两个人,因为重量加倍了。在往坡下走的过程中,他跟跄了一下,她的心一下子就提到了嗓子眼,仿佛自己的心跟他们之间有一个滑轮,他们就是滑轮另一端相反的力。

接下来,他重新获得了平衡。

然后,当她只能看到他的腰部以上部位时,他弯下腰去,仿佛在面前放下某种东西,当他再次直起身子的时候,就只有他自己了,她只看到他自己一个人。

然后,他就站在那里等着。

这是在赌博,是胡乱猜想。最后一节火车车厢,本来会突然出现。不会再有货物列车拉着货物开来了。下面只有轨道路基,这兆示着扔在上面的东西很快就会见光了。

但是,他猜得对。压碎坚果的声音越来越小,变得听不见了,换之以木头振颤的声音,从前面传来,经过他们,向后传去。接着是第二阵,然后是一片寂静。

他又俯下身去。

她抬手去捂住自己的耳朵,但是太迟了。声音已经到达她的耳鼓。

砰的一声,声音空洞,令人恶心,就像一条重重的麻布袋落地的声音。只是麻布袋这样一落地会裂开,而尸首落地却不会。

她把脑袋低垂在大腿上方,双手捂着自己的眼睛。

当她再次抬头看的时候，发现他正站在自己旁边。他看上去俨然一位能把控自己的男子汉，但是不能确保自己不久之后不会恶心。

"掉下去了，"他说，"落在车顶中央狭窄的通道处了，管它落在哪里呢！在黑暗处我也能看清，可是他的帽子没有随他去，脱落了，飞走了。"

她想叫,但没叫出来。"别说了！别跟我说这些！别让我知道！我已经知道的太多了！"总之，到此为止，那件事就这么结束了。

他重又上车，握着方向盘，没有等待火车重新启动。

"火车会再次启动的，"他说，"它必须得启动，它已经开过一段路了。不会一晚上都待在那里不动的。"

说着，他把汽车又重新开回到路边，然后将车子调头，车头朝向考菲尔德。还是什么也没有过来,没有别的车驶过。这条公路，其他的夜晚绝不会这样冷冷清清，空寂无车。

此刻，他打开了汽车头灯，照亮了前面的路。

"你想坐到我身旁来吗？"他轻声问道。

"不！"她一时语塞，"不要！我绝不要坐在那个座位上。"

他似乎理解了。"我只是不想让你感到孤独。"他同情地说道。

"不管怎样，从现在起，我会一直孤独，无论我坐在哪里，"她咕哝道，"你也会的。我们俩都会孤独，尽管我们在一起。"

真情告白

她听到刹车的声音,感到车子停了下来。他下了车,拉开后座一侧的车门,上车坐在她身旁。两个人在车里待了很长时间。她把脸埋在他的怀里,紧紧地贴近他,仿佛在努力躲避夜的黑和那天晚上发生的一切。他把一只手放在她的脑后,一直放在那里,支撑着她的头。

最初,他们谁也没有动,也没有说话。

现在我必须得告诉他,她一直在思考,满心恐惧。此刻正是时候,可我怎么能够开口呢?

最后,她抬起头,睁开了双眼。他已经把车子开过他们家宅子的拐角，停在那里。（是他自己的房子。怎么可能还是她的房子呢？经历了今天晚上这么多事，她怎么还能进这个家呢？）他把车子停在拐角处，正好不在门口，看不到车子。他在给她机会，好让她把事情经过都告诉他，那一定是他这样停车的原因。

他抽出一支烟，放在自己的嘴里为她点着，并试探着递给她。她摇了摇头，表示不要，于是他就把那支烟扔到了车外。

他们俩的嘴离得很近，从他的气息中她能闻到刚才那股烟草的味道。再也不会离这么近了，她想道，再也不会了。此刻，我不得不把事情经过都告诉他之后，就再也不会了。

"比尔。"她低声叫道。

声音太低了，太像央求了。声音之微弱不会使她和盘托出，并且接下来的话语很难说出口。

"怎么了，帕特里斯？"他轻声问道。

"不要那样称呼我。"情急之下，她不顾一切地转向他，迫使自己的声音稳定下来。"比尔，有些事情必须要你知道。我不知道从何说起，也不知道如何说起，但是，哦，你必须得听我说，如果之前你从来没听我说起的话！"

"嘘，帕特里斯，"他安慰道，"嘘，帕特里斯。"像是在跟一个焦躁的小孩说话。说话间，他的手轻轻地抚摸着她的头发，向下，然后又向下，还是向下。

她仿佛痛苦异常，呻吟道："不……不要……不要……不要。"

"我知道,"他几乎是心不在焉地说道,"我知道你在绞尽脑汁、伤心欲绝地想告诉我一切。你想说自己不叫帕特里斯,也不是休的妻子。是不是想说这些?"

她搜寻着他的眼睛。他的目光透过车子的挡风玻璃,凝视着车前远处。他的样子几乎有点抽象。

"那一点我早就知道。我早就知道一切了。我想从你刚到这里的前几周我就已经全都知道了。"

他的一侧脸颊轻轻地靠在她的头上,停在那里,像是在含蓄地爱抚。

"所以,你不必绞尽脑汁,帕特里斯。不要为此伤心。没有什么好说的了。"

听了比尔的话,她顿时感到精疲力竭,啜泣起来。想到自己的一切已经被掌握得一清二楚,她深感沮丧,不禁打了个寒颤。"甚至是最后一次赎罪的机会,你也不给我,"她自感无望,喃喃道,"甚至是那么一点点。"

"你不必赎罪,帕特里斯。"

"你每次那么称呼我,原来都是在说谎。我不能跟你回到那个家里去,我再也不能进去了。现在太迟了,迟了两年,对,是两年,但至少你让我跟你坦白一切。哦,上帝啊,让我出去!帕特里斯·哈泽德在那列火车上遇难了,跟你的哥哥一同遇难了。我是一个被抛弃的女人,名叫……"

他又一次捂住了她的嘴，就跟在乔治森的房间里一样，但这次比原来那次要温柔很多。

"我不想知道，"他告诉她，"我也不想听。你难道不能理解吗，帕特里斯？"说完，他把手移开了，但此刻她沉默了，因为那正是他希望的样子。此刻不说话，更容易做到。"你难道不理解我的感受吗？"说着，他左顾右盼，四处打量，仿佛在无可奈何地找寻某种办法来安慰她。那种办法不会唾手可得。然后，他再次回头看她，又努力了一次，同时发自肺腑地说道：

"假如在别的地方，别的时间，曾经有另一个帕特里斯，另一个不是你的帕特里斯，而我从来都不认识她，会有什么分别吗？有两个，又能怎样？世上有上千个玛丽，上千个简，但是每个爱着玛丽的男子，只爱自己的那个玛丽，对他而言，整个世界上有那么多同名的玛丽有什么意义呢？我也是一样。一天，一个名叫帕特里斯的女子进入了我的生活，对我来说，这世界上就只有一个帕特里斯。我爱的不是帕特里斯这个名字，我爱的是那个姑娘。总之，你认为我那是什么样的爱？牧师给她起了那个名字，我就爱她，而她自己起了那个名字，我就不爱她了吗？"

"但是，她窃取了那个名字，是从死者那里窃得的。她先是躺在人家的臂弯里，后来就带着自己的名字来到了你家……"

"不，她不是窃取，不是，"他温柔而倔强地反驳道，"你还是不明白，你将来也不会明白，因为你不是那个爱你的男人。她不可能明白，因为她不是帕特里斯，直到我遇到她。从那时开始，她才叫做帕特里斯。当我的目光第一次看到她，当我的爱第一次开启了她的爱，她才开始存在。在那之前，根本就没有她。是我的爱开启了她，当我的爱结束时，她也随之消逝。她必须那样，因为她是我的爱人。在那之前，只是一片空白，一个茫然的空间。任何爱情都是那样，它自己回不到从前。

"并且，我爱的是你，我自己选择的那个你，那个此刻在车里挽在我臂弯里的你，那个此刻……此刻……此刻……我这样吻着的你……

"不是出生证明上的名字，不是巴黎结婚证明上的名字，也不是那根从火车车厢里面取出的死人骨头。她已经被埋藏在铁轨下面了。

"对我而言，我的爱人名叫帕特里斯。我的爱人不知道其他名字，也不想要其他名字。"

说着，他把她向自己拉去，这一次用力很猛，她十分震惊。当他的唇印在她的唇上时，他向她保证：

"你就是帕特里斯，你永远都是帕特里斯，你将只是帕特里斯，我给你起的那个名字。为了我，就叫这个名字吧，永远都叫这个名字。"

他们那样躺了很久，合二为一了，成为一个人。爱使他们合二为一，血液和激情使他们不能自已，合二为一了。

此刻，她喃喃道："原来你知道，并且你从来……？"

"不是立即知道的，也不是一下子就知道了。生活从来也不会那样。那件事进展缓慢，逐渐就明朗起来了。我想是你到这里之后一两周我才开始怀疑。我不知道是什么时候开始确信无疑的，我想是在买自来水笔的那一天。"

"那一天，你一定恨上我了。"

"那一天我倒是没有恨你，我恨我自己，因为我耍了一个花招。（然而当时我就是忍不住要那样做，我不可能忍住，不管我怎么努力，还是没忍住！）你知道我从中得到了什么？只是恐惧。你不是那个被吓到的，我才是。我害怕你会因此而害怕，我害怕因此而失去你。我知道我永远不会成为那个揭发你的人，我太害怕因此而失去你了。我想有上千次，我想告诉你说，'我知道，我知晓一切。'但是，我害怕你会逃走，从而失去你。那个秘密对你来说不是很沉重，倒是我不堪重负。"

"但是，在一开始，就在开始时，你怎么什么也没有说？当然，你从一开始就没有原谅那件事，对吗？"

"对，是那样，我没有原谅。我的第一反应是愤怒和憎恨，大概就是你期待的那样。但是，一方面讲，我不是很确信，并且那涉及很多其他人的生活，主要是妈妈。就在她刚刚失去休的时候，我不能冒险去告诉她真相，因为我知道那样可能会要了她的命，即使我把怀疑的想法灌输给她，也不行，那只会把事情弄糟，只会毁掉她的幸福。再者说来,我也想看看你那场游戏的目的是什么。我想,如果我让你为所欲为……嗯,我任你所为,结果没发现任何阴谋。你依然故我。要做到对你的防范一天比一天难,而看着你却一天比一天感到安心,每天想着你,渐渐地喜欢上你。然后,更改遗嘱的那天晚上……"

"你知道你做的一切,并且你提前就……"

"那件事倒没有什么真正的危险。可以这样说,白纸黑字写得清楚,帕特里斯·哈泽德只是遗嘱上面一个名字而已。如果有必要,很容易就能推翻那份遗嘱,或者将其限制在文字层面,你什么也得不到。只需证明你和帕特里斯·哈泽德不是同一个人就行了,你不是遗嘱想要的那个受益人。法律不像恋爱中的男子,法律看重名分。我暗中向律师打听了一下,当然没有让他知道我真正的想法,而他告诉我的却使我放下心来。可是,那件事使我彻底搞清楚了你没有阴谋,没有别有用心的动机。我的意思是说,你内心不是为了钱而来。帕特里斯,那天晚上,当我来到你的门口告诉你那件事的时候,我从你的脸上看出了你的恐惧和诚实的反感,即便是最专业的演员也不可能演出那种神情。彼时彼地,你的脸上白如薄纸,你的眼神左顾右盼,你恨不得随时想逃离那所宅子,再也不回来了。我摸了摸你的手,冰凉冰凉的。那一刻,我的行动结束了,开始对你怦然心动了。

"而且,那件事给了我答案。从那天晚上起,我知道了你真正想要的东西,是什么让你那样做,是安全和保障。一旦我有了这条线索,我能在一天内从你的脸上看到上百次。我反反复复看到这一点。每一次你看着自己的婴儿,每一次你说,'我要上楼去我自己的房间'。你说的是'我自己的房间'。甚至你在窗前看着窗帘,抚平褶皱,爱不释手时,我也能从你的眼神中看得出来,我甚至听到你说'它们是我的,我属于这里'。每一次我看到你的眼神,我都深受触动,我爱你就会比以前多一些。我想让你合法拥有这一切,永远拥有,不让任何人、任何势力再从你那里拿走……"

他的声音越来越低,直到最后她只听到他在耳边低语情话。

"到我这边来,做我的妻子吧。我依然爱你。今晚比以前更爱,比以前更胜过一百倍。你愿意回答我吗?你愿意我娶你吗?"

她抬眼观瞧,只见他已泪流满面。

"带我回……回……家吧,比尔,"她结结巴巴幸福地说道,"把帕特里斯带回到你……你的家,比尔。"

母亲病重

片刻之间，当他踩下刹车，同时她把脸转向家的方向时，过度疲劳的她产生了一种可怕的幻象，宅子着火了，整个宅子内部火光冲天，吓得她赶紧靠在他身上。由于光来自宅子方向，她发现在黎明前黑暗的映衬下，那种光异常明亮，十分稳固，毫不晃动。光线从上上下下每一扇窗户倾泻下来，洒在草坪上，由近而远，色彩逐渐变暗。光线甚至撒在宅子前面的人行道和车行道上。那是房间里的灯发出的稳定的光芒，在紧急情况下，所有房间的电灯都会被点亮。

他用肘轻轻推了推她，默不作声地指了指。就在已经停在那里的那辆车——他们的车正好停在那辆车后面——车尾牌照上，赫然有"MD（医务部）"的字样，他们俩顿感不妙。在他们自己的车子头灯的光圈里，那两个字母十分醒目，来势汹汹，咄咄逼人，就跟农药瓶上面骷髅头和两根白骨交叉的图像一样醒目吓人，令人头皮发紧。

"是帕克医生。"她闪念一想。

他猛地打开车门，跳了下去。她紧随其后，也跳了下去。

"这段时间我们却一直坐在后面唠叨个没完。"她听到他大声叫道。

他们俩快步走上石板铺就的人行道。她紧随其后，怎奈他腿长步宽，追不上他。情势紧急，不容他有使用钥匙开门的时间。就在他掏出钥匙塞向锁孔的时候，只见锁孔向后退去，门开了，杰茜婶婶已经站在那里，只见她身着一身旧式碎花浴袍，惊恐万状，脸色煞白，如同她的头发。

他们没有问是谁病了，那种情况下，没必要问。

"自从十一点，"她简短地说，"他从半夜就一直陪着她。"

他们进了屋，她随后就关上了房门。

"要是你们打个电话回来就好了，"她责备道，"你们要是留个话，让我能够找到你们也好啊！"她接着说道，但主要是说给他听，而不是说给帕特里斯听。"天都快亮了，你还没回来，那一定是非常起劲的舞会，一定是迄今为止你参加的最带劲的舞会，要不然你怎么会这么乐意去！"

帕特里斯一皱眉，内心叫道：您说得太对了！情况不妙，是的，情况不妙……但是，天呐，这代价也太大了啊！

帕克医生在楼上的大厅里跟他们寒暄了几句。他身边有一位护士。他们已经想到他们是一起来的。

"她睡着了吗？"帕特里斯深呼了一口气，问道。此情此景，与其说是重新确认，倒不如说是害怕。

"泰·温斯罗普在过去的半小时一直单独陪着她，是她自己坚持要这样做。当人病得厉害时，你可以否决他们的要求，但是当他们病情更为严重时，就没有必要那样做了。我一直每隔十分钟给她测一下脉搏和呼吸。"

"有那么糟糕？"她忧郁地低声问道。她看到了比尔忧郁的脸，如同霜打了的茄子。这样问时，她甚至为他感到难过。

"暂时不会有什么危险，"帕克医生答道，"但我不能保证接下来的一两个小时会是什么情况。"然后，他直视着他们俩的眼睛，郑重地说道，"这一次，真的很严重，是目前为止最为严重的一次。"

这是最后一次了，帕特里斯当时内心很确定。

忽然，她一皱眉，几度哽咽。医生和比尔把她搀到大厅里一把椅子上坐定，旁边就是病人房间的门口。

"别这样。"医生劝道，说得很超脱，或许是职业化使然，抑或是他就是那种讲话风格。"这个阶段，不要这样。"

"我只是精疲力竭了。"她含糊地解释道。

此刻,他几乎能读懂他心中对她的答语。既然如此,你为何不早点回家。

那位护士嗅到了一股阿摩尼亚(氨水)的味道,为她脱去帽子,抚慰地抚摸她的头发。

"我的孩子没事吧?"过了一会儿,她心情终于平静下来,问道。

杰茜婶婶回答道:"我知道如何照看他。"这时,帕特里斯有点不讨人喜了。

门开了,泰·温斯罗普走了出来,只见他推了推眼镜。

"他们还没回来?"话音未落,他看到了他们,"她想见你。"

他们都同时站了起来。

"不是你,"他对比尔说,同时拦住了他,"只是帕特里斯。她只想见你一人,不想其他人在场。对此,她重复了好几次。"

帕克医生示意她稍等一下:"我先给他测一下脉搏。"

当他们站在那里等候的时候,她抬头看了看比尔,看他的反应。他毫不在乎地微笑着。"我理解,"他喃喃道,"那是她见我的方式,也是一种好方式,差不多是最好的方式。"

这时,帕克医生又出来了。

"不要超过一两分钟,"他不以为然地说道,同时侧眼观瞧温斯罗普,"然后,也许我们应该在一起,不去打扰她,好让她得到一点休息。"

她进去了。有人在她身后关上了房门。

"帕特里斯，亲爱的。"一个声音静静地说道。

她赶紧俯身床前。

那张脸仍然处于阴影之中，因为他们已经把灯光照耀的角度做过了处理。

"你可以把那盏灯抬高一点，亲爱的。我还没有死呢。"

她抬眼看着帕特里斯，就跟她们第一天在火车站见面时看着她的样子一样。眼神中充满善意，眼角周围露着微笑。那眼神有点吓人，但值得信赖。

"我不是在做梦，"她听到老太太自己说道，"我们比原打算的开出去更远，今晚夜色真美。"

两只手无力地伸向她，好让她抓住。

突然，她跪了下去，不停地亲吻那两只手。

"我爱您，"她言辞恳切，"那一切都是真的，哦，那一切都是真的！我怎样才能让您相信，我的妈妈。您就是我的妈妈。"

"你不必那样，亲爱的。我早就知道了。我也爱你，并且我爱的人早就知道你做的一切。那就是为什么你成为我的小女儿的原因。记住我说的话：你是我的小女儿。"

然后，她接着说道，语气非常温柔："我原谅你了，亲爱的。我原谅自己的小女儿。"

她安慰地抚摸着帕特里斯的手。

"嫁给比尔吧。我祝福你们俩。这儿……"说着,她无力地指向自己肩膀的方向。

帕特里斯把手向枕头下伸去,摸出一个长信封,封着口,上面没写地址。

"把这个放好,"哈泽德老妈摸着信封边缘说道,"不要让任何人看,只能自己看。直到我不在了再打开。万一用得着,以备不时之需。当你最需要的时候,记住我把它给了你,那时再打开。"

她深深叹了口气,仿佛刚才那番话已经耗干了她的力气。

"吻吻我吧。时间不早了,太晚了。我这把老骨头到处都能感觉到。你感觉不到有多晚,帕特里斯,但是我能。"

帕特里斯俯下身来,双唇印在老太太的唇上。

"再见,我的女儿。"她低声说。

"晚安。"帕特里斯修正道。

"再见。"她语气温和地坚持道。她的脸上闪过一丝自豪的微笑,微笑中透露出更强的认知,仿佛知道自己才是两人之中消息更为灵通的那一位似的。

至亲离世

孤独地在窗边守夜,直到东方欲晓。坐在那里,目不转睛,静静等待,满怀希望,却又伴随绝望,死去活来莫过于此。看着群星渐渐隐去,黎明的曙光自东方悄悄向她爬上来,如同一道丑陋的灰色光柱。她从来不想看到破晓的样子,因为至少黑夜像斗篷一样掩盖了她的伤悲,但黎明越来越多的光线冲淡了夜色,直到白昼与黑夜的临界点,黑夜彻底消失,一点也不见了。

她如同一尊雕像端坐在浅蓝色的窗前,前额紧贴着玻璃,附着处显出一点白色波纹。眼前一片茫然,因为外面没有什么可看的。

我最终寻到了自己的真爱,结果却抛弃了他,把他抛得远远的。

为什么今晚我才发现自己爱着他，为什么我必须要知道？难道我一点也不能逃脱吗？

如今，白昼不再仅仅是苦涩，它是灰烬，将她团团围住。她感觉寒意逼人，自己摇摇欲坠，体内能量消耗殆尽。用粉色、蓝色和黄色来努力粉饰它，如同用调色板画水彩画一样，无济于事。黑夜已经逝去，而她就坐在黑夜的棺材架旁边。

诸如忏悔、赦免这样的事情，一旦铸就，就不会完全消除，结果只能是后悔莫及。如果真有此等事情，她本可以在漫长的守夜过程中去赢得它，但也许什么都没有。

她的机会丧失了，希望也破灭了，她再也无法补救了。

她回转身，缓缓地回头向后看。她的孩子醒了，对她微笑着，一时间，她无法回报以微笑。她笑不出来，嘴角含笑对她而言真是很奇怪的事情。

她把脸移开，以便不必长时间看着他。因为哭有何益？对一个小婴儿哭泣，想来好笑。从来都是婴儿对着妈妈哭，哪有妈妈对着婴儿哭的。

窗外，那个男子又出现在下面那块草坪上，身后拖着长长的浇水软管。只见他把软管全都抻开，走到管子另一端，打开了水龙头。喷嘴一动不动躺在那里，他还没有走回那里拿起来，草坪就开始闪亮了。实际上，看不到水流出来，因为喷嘴紧贴着地面，但是可以看到青草在光线下微微起伏，草下有东西在动。

然后，他看到她站在窗前，就抬起手臂向她招手，还跟起初一样，跟第一天那次一样。他那样做，倒不是因为她是谁，而是因为他自己的世界一切都井然有序。于他，这是一个美丽的早晨，他想对人展示自己心中的世界。

她把头扭向一边，不是要避免他友好的致意，而是因为她听到了敲门声。有人在敲门。

她僵硬地站了起来，起身朝门走去，打开了房门。

一位孤苦伶仃、怅然若失的老人站在门口，默不作声，垂头丧气，原来是比尔的父亲。只见他萎靡不振，筋疲力尽。一个陌生人，误把她当成了自己的女儿。

"她刚刚去世，"他无助地低语道，"你妈妈刚刚离世，亲爱的。我不知道去告诉谁，因此我就来敲你的门了。"他看上去什么也做不了了，只能站在那里，浑身无力，困惑不已。

闻听此言，她也站在那里，一动不动。她也只能那样做，除此之外，她还能怎样？

不速之客

叶子在凋零，因为她死了。季节在逝去。旧的生活也在逝去，从此一去不复返。他们刚刚把它埋回在那里。

"真怪，"帕特里斯想道，"刚想开始一段新的生活，倒让死亡占了先。总是这个样子，先有这样或那样的死亡，就跟死亡一直就伴随在我左右一样。"

叶子在眼睁睁地凋零。送葬的豪华大轿车缓缓行进在乡间回家的路上，她的面纱迷雾似的黑色模糊了鲜红色、橘色和赭色的剧烈颤动，在落日的余晖中调和成一种更能让人接受的色彩。

她坐在比尔和他的父亲中间。

"如今，我是家里唯一的女人了，"她想，"他们家和这所宅子里唯一的女人。这就是我为什么像这样坐在他们中间的显著位置，而不是坐在他们外侧的原因。"

尽管对她自己而言，她还不知道如何用语言来表达这个意思，然而本能告诉她，她身处的国家和社会之中基本上是女人说了算，女人是每个家庭之中不可或缺的核心，是每个小家庭的头儿。无需在外面厚着脸皮、大义凛然地宣称，在宅子内部，在家里真真就是。如今，她已经成功上位。她已经不再是那个站在门外吃闭门羹的那个纤瘦颀长的青涩女子了。

她会嫁给其中一个，成为他的妻子。另一个，她会孝顺他，竭尽所能去缓解他的孤独，缓和他的失意。这其中没有背叛，没有欺骗，一切都按计划进行。过去的一切，都结束了。

一侧，她轻轻地把哈泽德老爹的手握在自己手中，另一侧，她的手优雅地抬起来挽住比尔健壮的胳膊，意思是说：您是我的公公，而他是我的丈夫；我是您的儿媳，同时也是他的妻子。

豪华轿车已经停了下来。比尔下了车，伸出手臂搀着她下了车。然后，他们俩协助父亲，一边一个，缓步搀扶着老人走上熟悉的石板铺就的台阶，向熟悉的房门走去。

比尔叩响了门环。这时，杰茜婶婶的助手，作为新手，敏捷地为他们开了门。杰茜婶婶，当然名义上是家庭的一位成员，跟他们一起参加了葬礼，此刻正坐在另一部比较小的豪华小轿车里往回赶呢。

她默默地恭恭敬敬地关上房门,他们到家了。

是她,帕特里斯,第一个看到他们在书房里。

比尔和他的父亲,走在前面。比尔用手搀着父亲的腰,经过门廊,对周围的一切视若无睹。

她故意在身后停了片刻,悄声作出一些必要的安排。

"好的,哈泽德太太。"杰茜婶婶的助手顺从地说道。

是的,哈泽德太太。这是她第一次听到有人这样称呼她(杰茜婶婶总是叫她帕特小姐),但现在她将终生拥有这一头衔,这是她应得的。她的思绪不停地这样想,她的舌头不断地品味着这个称呼。是的,哈泽德太太。地位,安全,固若金汤。那一段旅程结束了。

然后,她继续向前走,经过门廊时,她看见了他们。

他们正坐在那里,脸都对着门外。两个男子。他们的手托着下巴的样子表明,他们在这样一个时间,这样一个地点,进行这样的一次来访,不是来道歉的,不是来否认什么的。他们的面部表情,不是说"不论什么时候你准备好",而是"我们现在已经准备好了,正等着你呢,到我们这里来吧"。

恐惧探出一根长长的手指,触及她的心脏。此时,她已停住了脚步。

"那两个男的是谁?"她深吸一口气,问为她引路的女孩,"他们在那里干什么?"

"哦，我忘了告诉您了。他们二十分钟前就到了，说是要见哈泽德先生。我跟他们解释说他去参加葬礼了，并建议他们最好晚些时候再来。但他们说不行，他们会等他回来。我没有办法，只得任其自便。"

她经过门口继续往前走。"他现在的状况不能跟任何人说话。你们最好进去并……"

"哦，他们找的不是老哈泽德先生。他们找的是他的儿子。"

她当时就明白是怎么回事了。他们的脸已经告诉她了，在她快步走过门廊时，他们冷酷的神情已经打量了她。普通人不会那样瞪着眼看人，但警探会经常那样干，法律赋予他们调查、认证和质询的权力。

那根手指如今冰冰凉凉地，不断地扭曲并压迫她的心脏。

是侦探。早就到了。竟然如此快，如此残酷，如此致命的迅速。就在今天，偏偏是今天来。

习字簿上说的是对的，课文中也说过警察从来都是正确的。

她回转身，赶紧上了楼梯，试图赶上比尔和他的父亲，此刻就要到顶了，却仍然想着努力向上攀登。

听到身后有急促的脚步声，比尔扭头观看。哈泽德老爹没有回头看。身后有脚步声对他还有什么意义？他想听到的脚步声再也不会有了。

她悄悄在他父亲的身后示意。她的一根手指迅速地意味深长地动了一下，表明这是他们俩之间的秘密。然后，她说道："比尔，你快把父亲送到他的房间，我有话跟你说。你愿意出来吗？"

他随她进了她的房间，从她的唇间放下了一个喝干了的白兰地酒杯。他好奇地看着她。

"怎么了，你？在外面受凉了？"

"对，"她说，"但不是在外面，是在家里，刚才。"

"你看上去在颤抖。"

"是的，请关上门。"于是，他关上了房门。"他睡着了吗？"

"还要过一两分钟。杰茜婶婶正给他喂医生留下的镇静药。"

她不停地搓手，仿佛要把每一块骨头单独分开。"他们来家里了，比尔。跟几天前的那个晚上有关。他们早就到了。"

他不必问，他知道"几天前的那个晚上"是什么意思。对他们而言，只有一个几天前的那个晚上，从现在开始，永远只有一个。随着晚上不断增多，也许会变成"那个晚上"，只有这一点变化而已。

"你怎么知道？他们告诉你了？"

"他们不必告诉我，我自己明白。"她揪住他的外套翻领，仿佛要努力给拽下来。"我们打算怎么办？"

"我们不打算做任何事，"他意味深长地说，"兵来将挡，水来土掩。"

"谁敲门？"她颤抖着，紧贴着他。她的牙齿由于紧张，几乎在咯咯作响。

"谁？"他大声问道。

"是我，杰茜婶婶。"门外的声音说道。

"放开我，"他压低声音小声说道，"来了，杰茜婶婶。"

她把头探进来说道："那两位楼下的男子说他们不能再等哈泽德先生了。"

一时间，她悲痛欲绝的心间掠过一丝希望。

"他们说如果他不下楼，他们就不得不上楼来了。"

"他们想干什么？告诉你了吗？"他向杰茜婶婶问道。

"我问了他们两次，他们每次讲的都一样，说'哈泽德先生'。那算是什么回答？他们真放肆。"

"没错，"他简短地说，"知道了。"

她重又关上了屋门。

他犹豫了片刻，站在那里，一只手扳着后脖颈。然后，抖了抖双肩，把袖子一甩，痛下决心，转身面向屋门。"好，"他说，"我去会会他们。"

她跑上前来。"我跟你一起去。"

"你不要去！"他把她的手从自己的胳膊上粗暴地移开。"我现在就去会会他们，你待在这里，不要出去。你听到我说的话了吗？不管发生什么事，你都待在房间里，不要出去。"

他以前从来没有像这样跟她讲话。

"你还把我当做你的丈夫吗？"他问道。

"当然,"她喃喃道,"我早就跟你说过的。"

"那么就服从命令。我希望这是第一次,也是最后一次命令。现在,要注意,我们不能讲出两个不同的故事,我们口径得一致,按我的版本来,你就当什么也不知道。所以,你帮不了我,你只会帮倒忙。"

她抓过他的一只手,吻着它,祈求好运,祝他成功。

"你打算怎么跟他们讲?"

"说出真相,"他看她的神情有点古怪,"你希望我怎么跟他们讲?我没有什么谎言跟他们讲,那事只跟我一人有关。"

说完,他关上屋门,出去了。

合理解释

当她发现自己的双手扶着楼梯扶手,一把接一把,一路引领自己往下走时,她的双脚也跟着往下挪动,但速度更慢,总是慢一拍。此时,她意识到遵循他的禁令,把自己禁闭在楼上,不去了解,不去倾听是不可能做到的。期望她做到置身事外是徒劳的。此时,她不可能不参与其中,也不可能做一个唯命是从的女人。这不是刺探,何况关心跟自己密切相关的事情,根本算不上刺探,自己有权利知道。

她两手在楼梯扶手上交替下移,拖着身子小心翼翼地往下挪动,身体时而呈蹲伏状态,像一个跛子挣扎着走下楼梯。

走下楼梯四分之一时,耳畔模糊的低语声变成了不同人的说话声。走下一半时,说话声又变成了清晰的话语。于是,她没有接着往下走。

没有人抬高嗓门说话。没有争吵,也没有出离愤怒的反驳,只是男人间彬彬有礼、平静的谈话。不管怎样,还是让她担心不已。

他们在重复着什么,一定是他刚刚说过的话。

"那么,您确实认识一个叫作哈里·卡特的人了,哈泽德先生。"

她没有听清他说了什么,仿佛他对那一点相当确定。

"您愿意告诉我们这个叫作卡特的人跟您之间是什么关系,我是说有什么瓜葛吗?"

他回答时,语气略显讥讽。她从没有听到他以那种方式跟自己说话,但是她从他的声音中捕捉到一丝新的音调变化,并认定那是讥讽。"瞧,先生们,你们已经知道了。你们已经知道,那么为什么还来我家呢?你们就是想让我重复一下,是吗?"

"我们就是想听您亲口确认,哈泽德先生。"

"那么,很好。他是一位私人侦探,正如你们已经了解的一样。我选择并雇佣了他,正如你们已经了解的那样。为此,我付他费用,请他去观察、监视这个你们调查的叫作乔治森的人,正如你们已经了解的那样。"

"很好,我们的确已经了解了,哈泽德先生,但是我们还有不知道的。他不能跟我们讲清楚,因为他自己也不知道你为什么对乔治森感兴趣,为什么雇他去监视那个人。"

这时,另一个人接第一个人的话茬说道:"您乐意告诉我们那一点吗,哈泽德先生?您为什么雇他去监视?您为什么要那样做?"

闻听此言,站在外面楼梯上,她的心似乎要翻转过来,完全翻转过来。"上帝啊,"叫声在脑海中不断回响,令她头痛欲裂,"此刻,我得出马了!"

"那完全是私事。"他掷地有声。

"我明白了,您不愿意告诉我们。"

"我可没那么说。"

"但您仍然不愿意告诉我们。"

"你们这是无中生有。"

"因为您似乎不想说出事实真相。"

"有必要让你们知道吗?"

"如果没有必要的话,我们就不会来这里了,我可以向您保证。您雇佣的人,卡特,是他向我们汇报说乔治森死了。"

"我明白了。"她听到他深吸了一口气。她也随着他深吸了一口气。两口气,不约而同,同样的恐惧。

"乔治森是个赌棍。"他说道。

"我们知道。"

"他是个骗子,很自负,整天玩阴的。"

"我们也知道。"

"那么，接下来是你们不知道的。往前推大约，一定是四年前，哦，三年，不管怎样，我的大哥休，当时在达特默思大学读大四。他从那里动身回到家跟我们一起度圣诞假期。他到了纽约，然后就再也没回来过。他再也没露过面。他没有搭乘第二天能带他回家的火车。相反，我们接到他的一个长途电话，说他有麻烦了。实际上，他迫于无奈被困在那里了。他陷入一场赌局，好像是，前一天晚上被这位乔治森和他的几位朋友设局了，当然是。并且，他们已经让他输了——我不知道具体是——几万美金，他当然没有那么多钱，并且事情不解决，他脱不了身。他们把他整得很惨，他们整人的功夫可谓一流。休从来都是一位清高人士，习惯于跟体面的绅士们交往，不习惯跟害人虫交往，所以他还不知道如何处理此事。他们整夜不让他睡觉，拿酒灌他，从不同的地方弄了几个肮脏下贱的舞女陪着他，嗯，总之，让警察插手此事本没有问题，但那样的话，就会妇孺皆知，令家族蒙羞，出于考虑我母亲的健康状况和家族的声誉，我的父亲亲自出马，我顺便一起去了，把那件事为休摆平了。我们以近乎一倍的价格，大概就是那样，拿回了他们敲诈他的那张借据，并把他带回了家。

"事情就是那样，故事并不新奇，可是却反复发生。但很自然的，我绝不会这么快就忘记这位乔治森。当我得知几周前他来到了考菲尔德，在周围露了面，我不知道这是巧合还是怎么，但我本人可不想冒险。于是，我就跟纽约一家侦探机构取得了联系，让他们派卡特到这边来，就是要搞清楚这位乔治森来这里意欲何为。

"我已经讲得很清楚了。现在，这些能回答你们的问题了吗？你们可满意？"

他们不置可否，她注意到。她静心等待，但没有听到他们说满意。

"总之，他没有接近你和你的家人吧？他没有骚扰你吧？"

"他没有靠近过我们。"

从技术层面讲，这样回答是对的，她眉头一皱，认可了这一说法。她每次都想去帮他一把。

"如果他靠近我们的话，我刚才就告诉你们了，"他向他们保证，"我就不会等着你们来查我了，那样我就会去找你们了。"

接下来是漫不经心的完全不相干的话语，于她，却是灾难性的。她突然听到其中一个人问道："您不拿一顶帽子吗，哈泽德先生？"

"就在外面大厅里，"他随口答道，"走的时候我会随手戴上的。"

他们走出房间。见状，她如小婴儿般啜泣，几乎就像是一个小女孩在黑暗之中逃离顽皮的小妖精。她回转身，从楼梯向上逃走，返回至自己的房间内。

"不！不要！不要……"她不断地呻吟着，带着焦虑重复道。

他们要把他逮捕了，他们要指控他，他们要把他带走了。

母亲的信

心烦意乱,她一屁股坐在梳妆台前面的凳子上。她满头大汗,脑袋耷拉在肩膀上,左顾右盼,仿佛喝醉了一般。只见她头发凌乱,遮住了一只眼。

"不……!不要……!"她不断坚持道,"他们不能……这不公平……"

他们不会放他走的……他们绝不会再放他走的……他不会回来了……他再也不会回到自己身边了……

"哦,慈爱的上帝啊,帮帮我吧!我再也不能忍受这一切了!"

这时,就像童话故事里面写的,就像老故事书里所言,一切正义都会得到伸张，善就是善，恶就是恶，神奇的魔咒总会被及时打破，迎来欢欢喜喜的大结局。就在那里，对，就在她眼皮子底下……

它就在那里，等人开启，等着有人把它拾起来。那是一个白色长方形密封着的信封，一封死者生前写好的信。

困在其中的一个声音似乎在透过封口远远地向她微弱地低语："当你最需要的时候，那时我已经不在人世，打开它。当你最需要的时候，你要完全一个人面对。再见，我的女儿；我的女儿，再见……"

我名叫格雷斯·帕门蒂尔·哈泽德，是唐纳德·塞奇威克·哈泽德的妻子，如今身卧病床，行将就木。我的律师兼终生顾问泰勒斯·温斯罗普在场，他将见证我在此文件上签名，如果法律机构要求这样做，他将证实我如下的声明，此声明完全出于我的自愿和意志，他会宣布其真实性。

在9月24日晚上大约10:30，我正跟我忠诚的朋友兼管家约瑟芬·沃克以及我的小孙子在家，这时我接到一个来自邻州的黑斯廷斯的长途电话，是一个叫作哈里·卡特的人打来的，他是我的私人调查员，受雇于我的家人和我。他在电话里说就在刚才不久之前，我挚爱的儿媳，帕特里斯，我大儿子休的遗孀，被一个名叫斯蒂芬·乔治森的人开车带着到了黑斯廷斯，在那里被胁迫举行了一场婚礼。他给我打电话时,他们正一起驱车往回赶往这个城市。

一收到他的信息,并且从这位卡特先生那里得到之前提到的斯蒂芬·乔治森的地址,我穿好衣服,跟约瑟芬·沃克说我要外出一趟,一会儿就回来。她努力劝我不要去,并试图让我说出此行的目的和去的地点,但是我没说。我让她在前门不远处等着我,以便我一回来她就能把门为我打开。我跟她说,在任何情况下,当时或任何更晚的时间,都不能向任何人披露我在那个时间离开了家。我让她手按着《圣经》发誓,我知道宗教信仰的性质,并且知道她早年的成长经历使她将来无论遭遇什么情形,都不会打破自己的誓言。

我外出时随身带了一把枪,那把枪平时就放在我家书房的一个抽屉里面,子弹早就上了膛。为了尽可能不被人认出来,我披上了在我大儿子葬礼上戴的厚厚的面纱。

从我家门口,我完全一个人,无人陪伴,步行了一小段距离,并有机会叫了一辆出租车。乘坐出租车,我去了斯蒂芬·乔治森的住处,想把他找出来。结果发现,我到的时候,他还没有回来。于是,我就坐在出租车里面在离他的门不远处等他,直到我看见他回来了并进去了。他一进楼门,我就立即跟了进去,就在他身后,他把我放了进去。我撩起面纱,为的是让他看清我的面目,我发现他已经猜出我是谁,尽管他以前没有见过我。

我问他是否如我被汇报的那样，他刚刚胁迫我儿子的遗孀跟他签订了婚约。

他很干脆地承认下来，说出了地点和时间。

那就是我跟他之间全部的对话，没有再说什么，也不需要再说什么。

我立即掏出手枪，离他足够近，就在我面前，我朝他开枪射击。

我只开了一枪。本来如果有必要，为了杀死他，我会开更多枪，我全部的目的就要弄死他。但是，等了一会儿，看看他是否还动，发现他不动了，躺在了倒下的地方。然后，我就在那个时候克制自己没再开枪，并离开了那里。

我乘坐搭载我来的同一辆出租车返回家中。不久，由于刚才过于兴奋和紧张，我变得极为病重。此刻，我知道自己将不久于人世，趁着自己的神志还完全清醒，还能对自己要做的一切有完全明白的认知，我希望自己在临死前作出这份声明，以备将来万一有人被错误指控。如果发生那样的事情，那些秉公执法处理此案的人员会注意到它。仅限此种情形，而不是别的情形。

（签名）格雷斯·帕门蒂尔·哈泽德

（现场作证）

法律顾问 泰勒斯·温斯罗普

她拿着这份文件,匆匆下楼,但为时已晚。等她快步下楼,门廊处早已空空如也。她愣在那里,头晕目眩,头发凌乱。他们已经走了,他跟着他们离开了。

她无助地站在门廊处。人去门空,心也空空。

尘埃落定

后来,他终于出现在那里。

真的是他,真真切切,又好像不是他,她甚至不敢相信自己的眼睛。他身穿的外套上面人字形的织纹很显眼,仿佛有放大镜在她眼前,让她看得格外仔细。只见他面色憔悴,迹象微微表明他需要剃须。眼中的他,每一处都如此清晰,仿佛比他实际离自己的距离更近,也许是精神过度集中引发的疲倦使然,抑或是眼睛长时间紧张地看着他,两眼膨胀使然,结果就异常清晰了。

总之,那里就是他。

只见他回转身,朝房子走进来。就在楼下他踏上最后一级台阶就要进屋的一刹那,他抬眼向上面窗户一望,发现她在看着自己。

"比尔。"她透过窗户默默叫道,双手紧按着窗格,仿佛要把这别人听不到的话语按入窗格,祈求上帝赐福。

"帕特里斯。"他在楼下默默叫道。尽管她听不见,甚至也看不见他的嘴唇在动,但她知道他在说什么,他叫的就是自己的名字。话不多,但意味深长。

突然,她发疯似地从房间里跑出去,仿佛被烫伤了一般。撩起的窗帘又回归自然状态,猛然打开的房门又弹回去关上了,此时她已经离开跑离房间。小婴儿不知所措,扭头向她身后望去,但太慢了,她已不见踪影。

然后,她又猛地停了下来,就在楼梯拐弯处,在那里等着他,再也不能往前走了。站在那里等着他来到自己身边。

只见他脱掉帽子,就跟以前他刚回到家一样,向楼梯上她站立的地方走来。她的头,仿佛厌倦了孤独无助,垂下来搭在他的肩膀上,靠近他的头。

起初,两人都不说话,只是两头相贴,站在那里。此时无声胜有声,心心相印赛千言。

"我回来了,帕特里斯。"他终于说出一句话。

她战栗了一下,依偎得更紧了些。"比尔,现在他们还会……?"

"不会怎样了。一切都过去了。这事已经过去了。至少,对我来说是这样。他们带我走就是为了确认一下。我必须得跟他们一起去看看他的尸体，仅此而已。"

"比尔，我开启了这个信封，妈妈生前说……"

她把那份文件递给他。他阅读了一遍。

"你让别人看过吗？"

"没有。"

"不要让别人看。"他把那封文件一撕两开，把剩下的残片塞进自己的口袋。

"但是，如果……？"

"不需要了。他的赌友这时早已经签字画押了。他们告诉我说他们已经找到证据表明，那天晚上早些时候，已经发生了一场大的赌局。"

"我什么都没看到。"

他意味深长地看了看她。"可他们看到了，就在他们到那里之前。"

闻听此言，她不禁睁大眼睛看着他。

"他们乐得让它发展下去，所以我们在那一点上就不用管了，帕特里斯。"说着，他长长地叹了口气。"哎！我累坏了，感觉我的脚一周来没有离开地皮了。我真想从此永远睡下去。"

"不要永远睡下去，比尔，不要永远。因为我会一直等下去，那样时间太长了……"

他的唇在她的脸侧搜寻，不顾一切地吻着她。

"扶我到我的门口,帕特里斯。在进屋之前,想看看小家伙。"他的胳膊疲倦地滑落在她的腰间。

"从现在起,是我们的小家伙了。"他轻轻加了一句。

低调完婚

昨天，威廉·哈泽德先生和帕特里斯·哈泽德太太，已故休·哈泽德先生的遗孀，在本城圣·巴塞洛缪的新圣公会教堂低调完婚。婚礼由尊敬的弗朗西斯·奥尔古德牧师主持，无旁人参加。婚礼过后，哈泽德先生和太太立即前往加拿大的落基山脉度蜜月。

所有考菲尔德的晨报和晚报如是报道。

坠入深渊

　　大约一个月之后，他们度蜜月回来的一个星期一，当遗嘱宣读完毕，房间里其他人都离开之后，温斯罗普请他们两个等一下再走。确认其他人已经走远，他走过去关上了房门。然后他走到墙壁前，打开一个内置的保险箱，取出一个信封，走到桌前坐了下来。
　　"比尔和帕特里斯，"他说道，"这是单独留给你们俩的。"
　　闻听此言，他们交换了一下眼色。
　　"它不是房产的一部分，所以除了你们两人之外，它跟其他人无关。"
　　"当然，这是她说的。她在病床上说的话被记录下来，不到一个小时她就去世了。"

"但是，我们已经……"比尔想把话说完。

这时，温斯罗普把手向上一抬示意他不要说话。"有两份，这是第二份。两份都是同一天晚上那几个小时口述给我的，或者我应该说是凌晨。这一份是在另一份之后。第一份是她同一晚上亲手交给你的，这一点你很清楚。另一份她转交给了我。直到今天，我一直保有它，我已经做到了。她指示我说：它是留给你们俩的，如其中一人不在场，不得交给另一人。转交之后，如一人不在场，另一人也不得开启它。并且，只能在你们俩完婚之后才能转交。她希望你们俩结婚，你们知道她非常希望你们俩结婚。如果此时你们俩还没有结婚，那么将由我在不开启的情况下来销毁它。如你们俩不结婚，不会给你们俩任何一个看；如你们俩结了婚，这就是她给你们俩的最后一份礼物。"

"然而，如你们俩不想看，就不必看。你们俩可以不开启就销毁它。我已经保证不透露其中的内容，尽管我自然是知道的，因为是我在病榻之侧记录下她说的话语，并作为律师亲眼看到并公证她签署了自己的名字。因此，看与不看，你们俩说了算。如果你们俩打算看，那么看完以后，同样也要销毁它。"

他等了片刻。

"现在，你们打算让我把它交给你们，还是更愿意让我销毁它？"

"我们当然想看。"帕特里斯低语道。

"我们想看。"比尔附和道。

于是,他把那封信竖直方向交给他们俩。"你把手指放在这个角上,你放在这里。"说着,他抽回自己的手指,就这样信交到了他们俩手中。

"我希望它能为你们俩带来额外的幸福,这正是她想要你们俩得到的。我知道她为什么要那样做。她请我把它交到你们手中时,代她为你们俩祝福。我现在祝福你们俩。到此为止,我作为管理人的职责完美谢幕。"

他们等了好几个小时,直到那天晚上房间里只剩下他们俩。他换上自己的睡衣,看到她在自己的睡袍外面罩了一件婚礼上穿的丝质织物。这时,他从自己的外衣口袋里拿出那封信,说道:

"现在好了,我们要看吗?你确实想看,对不对?"

"当然。是妈妈说的话,我们想看。今晚以来,我一直在掐着时间迫不及待要看呢。"

"我早就知道你想看。到这边来吧,我们一起看。"

他坐在一把安乐椅里,把肩膀上方的灯罩调整了一下。她把身体欠在安乐椅一边的扶手上,一只胳膊搂着他的肩膀。

封蜡薄片在他的手指下方碎了,封口盖向上一翘,信封打开了。

两个人非常专注,默默地,把头靠在一起,读道:

我挚爱的孩子们：

现在，当这封信到达你们手上时，你们已经结婚了。（因为如果你们不结婚，这封信不会到达你们手上；温斯罗普先生会告诉你们是怎么回事。）你们是幸福的。我希望自己给予了你们幸福。我想再多给你们一点幸福。我相信并祈祷在你们丰厚的幸福之中，匀出一点给我，即使我已经永远离开了你们，不再跟你们生活在一起了。我不想让你们一想到我就有一个阴影闪过你们的脑海。我不能忍受你们想到我就感到恶心。

当然，我没有做那件事。我没有结果那个年轻人的狗命。也许你们已经猜到了。也许你们俩都非常了解我，知道我不大可能做出那种事。

我知道那个家伙正威胁帕特里斯的幸福，仅此而已。那就是我们为什么要让卡特先生调查他的原因。但实际上，我从来没有看到过他，我从来没有见过他。

昨天晚上，我一个人在家。（因为当温斯罗普先生为我写下这封信的时候，时间仍然是昨天晚上，尽管你们要过很长时间才能看到它。）即使是你们的父亲，他也从没有跟我外出，他必须要参加厂里一个非常重要的紧急会议，处理很快就要发生的罢工预谋。尽管他不想让我去，我还是请求跟他一块去。结果，他抛下我走了。家里就剩下杰茜婶婶，孩子和我。

卡特先生在晚上十点半左右打来电话说他得到了坏消息，他们两人在黑斯廷斯刚刚举行了婚礼。我在楼下接的电话。我深感震惊，心脏病突发。我不想惊动杰茜婶婶，努力一个人爬上楼梯。当我到达楼梯顶部时，我变得精疲力竭，只能躺在那里，不能移动，也不能大声呼救。

当我无助地躺在那里时，我听到外面的门打开了，我听出下面是比尔的脚步声。我努力想引起他的注意，但我的声音很微弱，他没有听到。我听到他进了书房，在那里待了一会儿，然后又出去了。后来我记起当时他站在门口，我听到他的手里发出咔咔的声音。我知道他从来不用打火机。然后他就离开了家。

过了一段时间，当杰茜婶婶发现我躺在那里时，她把我扶到床上。当我们等医生前来的时候，我派她到楼下书房看看那把枪是否还在。她不理解我为什么想让她那么做，我也没有告诉她。但当她回来的时候，她告诉我说枪已经不知所终。于是，我就担心那可能意味着什么。

我当时就知道自己将不久于人世。每个人到此时都会知道。躺在那里，在接下来的几个小时里，我有的是时间思考。我的思路非常清晰。我知道无论是我的儿子比尔还是儿媳帕特里斯都需要我的保护，有一个办法，即便我死了，也能保护他们。我知道我必须一点也不少地尽自己所能，来保护他们。我希望他们幸福。首先，我希望我的小孙子能够得到安全保障，他的生命才刚刚开始，不能让任何事情来损毁它。我知道那个办法是什么，用那个办法我能把幸福带给他们。

因此，帕克医生一允许，我就让人把泰·温斯罗普请到我的床前。私下里，我请他听写了这份你们现在看到的誓词。

我希望，我亲爱的孩子们，你们没有出于必须而用到那个办法。我祈祷你们没有用到，而且永远也不会用到那个办法。

但这是对那个办法的撤回。我讲的都是真话，只让你们俩看到。只对自己爱的人讲真话，不需要发誓，也不需要公证。不要怪罪我。这是我给你们的结婚礼物，为的是让你们已经得到的幸福更加完美无缺。

看完之后，烧了它。这是行将就木的女人最后的愿望。祝福你们俩。

挚爱你们的母亲

只听一声火柴擦着的声音。还没有看到有火焰烧起来，若干道黑色条纹已经爬上那张纸，迅速碰到一起。突然，扑的一声，声音小得几乎听不见，纸片周围发出黄色的光。

纸片燃烧时，在黄色光上面，他们扭转头，带着一种奇怪的新的从未感到过的恐惧，相互望着对方，就好像世界突然消失，脚下没有了立足之地。

"不是她干的。"他低语道，不知所措。

"不是她干的。"她倒吸一口气，惊骇道。

"那么……"

"那么……"

两双眼睛不约而同答道:"是你。"

尾声

考菲尔德的夏夜非常宜人。空气中弥漫着天芥菜花、茉莉花和苜蓿草的香味；这里的星星很温暖，在我们头顶上方，离我们很近；微风轻柔，如同婴儿之吻；枝叶繁茂的树木在低语，相互抚慰；灯光洒落在草坪上，一片宁静而祥和的气氛。

但这一切不属于我们。

我们在考菲尔德住的房子也非常宜人。蓝绿色的草坪，总像是刚刚用水浇过一样；雪白的门廊支座在阳光下眩人眼目；对称的弯曲的楼梯扶手自上而下，非常雅致；旧地板光彩夺目；地上铺着的绒毛地毯豪华而气派；每个房间里的椅子最可爱不过，就像是老朋友。来的人都说:"还奢求什么呢?这就是家。"

但这一切不属于我们。

我是那样爱他,比以前爱得更多,而不是更少。我爱他爱得好苦。他也爱我。然而,有一天终究会到来,也许是在今年,抑或是明年,一定会到来,他突然收拾行囊,离我远去。尽管他还在爱着我,但他走了以后,就再也不会回来了。

或者,如果他不走,我走。我会拿起自己的旅行包,走出房门,永不回还。我会把心留下,把孩子留下,把命也留下,但我永远也不会回来了。

这是一定的,确定无疑。唯一不确定的是:我们之中,谁先走。

就此事我们已经吵过架,用我们知道的方式,用所有存在的方式。没有用,一点用也没有。根本没有出路。我们身在其中,深陷困境。因为如果他是无辜的,那么就一定是我干的。反过来,如果我是无辜的,那么就是他干的。但是,我知道自己是无辜的(可他也许也知道自己是无辜的)。我们无法突破,根本没有出路。

它就在我们给予彼此的每个吻里。总之,每一次我们都把它困在我们的唇间。它无时不在,无处不在,它占领了我们全部。

我不知道那是什么游戏。我不确信那个游戏是怎么玩的。没有人曾经告诉你。我只知道我们一定是玩得不对,在某处出了岔子。我甚至不知道赌注是什么,我只知道那些赌注不是为我们而设的。

我们输了,我就知道这些。我们输了,现在游戏结束了。

图书在版编目（CIP）数据

我嫁给了一个死人 /（美）康奈尔·伍里奇著；马庆军译. —— 上海：上海文艺出版社，2019（2021.3重印）
（康奈尔·伍里奇黑色悬疑小说系列）
ISBN 978-7-5321-7286-3

Ⅰ.①我… Ⅱ.①康…②马… Ⅲ.①长篇小说—美国—现代 Ⅳ.①I712.45

中国版本图书馆CIP数据核字（2019）第135558号

我嫁给了一个死人

著　　者：	[美]康奈尔·伍里奇
译　　者：	马庆军
责任编辑：	蔡美凤　朱鉴滢
装帧设计：	周　睿
责任督印：	张　凯

出　　版	上海文艺出版社
出　　品	上海故事会文化传媒有限公司
	（200020　上海市绍兴路74号　www.storychina.cn）
发　　行	上海文艺出版社发行中心
	（上海市绍兴路50号）
印　　刷	上海中华印刷有限公司
开　　本	889毫米x1194毫米　1/32　印张9.75
版　　次	2020年2月第1版　2021年3月第2次印刷
ＩＳＢＮ	978-7-5321-7286-3/I·5801
定　　价	35.00元

版权所有·不准翻印

想看更多精彩故事？
扫码下载故事会APP

上海故事会文化传媒有限公司 出品（00918）www.storychina.cn

上海故事会文化传媒有限公司所有图书可办理邮购，免收邮费（挂号除外）
汇款地址：上海市绍兴路74号（200020）　收款人：上海故事会文化传媒有限公司出版发行部
联系电话：021-64338113
如发现本书有质量问题，请与印刷厂质量科联系 T:021-60829062